Stefan Grabiński
Der Schatten des Satans

Stefan Grabiński

Der Schatten des Satans

Phantastischer Roman

Aus dem Polnischen von Charlotte Eckert

BUCH
CLUB
65

Anmerkungen am Schluß des Bandes

ISBN 3-7464-0088-0

1. Auflage

Berechtigte Ausgabe für den buchclub 65, Berlin 1989
L. N. 302, 410/244/89
Originalausgabe: *Cień Bafometa*;

Printed in the German Democratic Republic

Einbandentwurf: Hans-Joachim Petzak
Satz, Druck und Einband:
Karl-Marx-Werk Pößneck V15/30
LSV 7221
Bestell-Nr. 648 991 3

Wie ein Blitz

Pomian war bereit. Er erhob sich vom Schreibtisch, streckte den vom stundenlangen, nächtlichen Sesselhocken krumm gewordenen Rücken und lächelte. Er war bereit. Vor ihm türmte sich ein Stoß frisch beschriebener Blätter – vermutlich die letzten Akkorde seines Schaffens und Lebens. Das Werk war vollendet. Liebevoll legte er die Hand auf das Manuskript. Die in dieser Nacht geborenen Gedanken, gebannt in schöpferische Worte in diesem außergewöhnlichen Augenblick, schienen noch durchpulst vom Blut des Geburtsvorgangs, noch nicht erstarrt zur toten Form des Buchstabens . . .

Auf der linken Seite des Schreibtisches unter dem Briefbeschwerer lag das Testament, geschrieben mit der sicheren, ruhigen Hand eines Menschen, der freiwillig aus gewichtigen Gründen die Arena des Lebens verlassen will . . . Noch einmal überflog er das Schriftstück. Alles war in Ordnung: die Unterschrift, das notarielle Siegel, die Namen der Zeugen . . .

In der Mitte des Schreibtisches, auf einer Mappe ein paar Briefe: an den Bruder, an die Verwandten in Krakau und an die Mutter. Den letzten las er noch einmal durch und wurde nachdenklich . . . Das teuerste, das heiligste Wesen, das er auf der Welt hatte! Die Ärmste, ob sie den Schlag, den er ihr zufügen wird, überlebt?

Er spürte, wie ihm Rührung die Kehle zuschnürte. Tränen, unmännliche Tränen traten in seine Augen.

»Mutter, liebste, beste, ich konnte nicht anders! . . .«

Hastig steckte er den Briefbogen in den Umschlag und klebte ihn zu. Die wichtigsten Dinge waren erledigt; nichts stand mehr der Vollstreckung der Tat entgegen, die ihm das Gewissen gebot. Vor ihm lag hell und gerade wie eine königliche Paradestraße sein Weg. Es war Zeit, ihn zu beschreiten ... Er schaute auf die Uhr. Es war elf Uhr vormittags. So blieb ihm nur noch eine Stunde. Er zog sich um, trank eine Tasse heiße Schokolade, zündete sich eine Zigarette an und ging hinaus. Inzwischen war es viertel zwölf geworden. Bis zum Zigeunerwäldchen, das als Treffpunkt vorgesehen war, brauchte man eine gute halbe Stunde; er beschloß, diesen Weg zu Fuß zurückzulegen. – Die Bewegung würde ihn erfrischen und beleben. Er ging schnellen, elastischen Schrittes und blickte rasch und beinah fröhlich bald nach links, bald nach rechts.

Eigentlich war es ganz gut, daß die Angelegenheit eine solche Wende genommen hatte. Am schwersten waren die Momente des Zögerns, des Ringens um einen Entschluß gewesen; heute, wo er nun vor der Ausführung stand, empfand er ein Gefühl großer Erleichterung, so als wäre ihm ein Stein, der ihn seit Jahren bedrückte, vom Herzen genommen. Er durfte stolz auf sich sein, ging es doch hier nicht um einen einfachen, gewöhnlichen Ehrenstreit oder um die Beseitigung eines persönlichen Zwists. Pomian hatte eine »Sendung« zu erfüllen und würde möglicherweise sein eigenes Leben dafür hingeben müssen.

Entweder er oder Pradera, eine dritte Möglichkeit gab es nicht. Den Tod fürchtete er nicht, denn er glaubte nicht an ihn; ein Leben jenseits des Grabes war für ihn etwas so Sicheres und Natürliches wie die Tatsache, daß auf die Nacht der Tag folgt ...

Er verlangsamte seinen Schritt. Von einer Bank auf der Grünanlage erhob sich eine Blumenverkäuferin und kam mit den Augen eines zaghaften Rehs auf ihn zu.

»Rosen, Orchideen!« pries sie schüchtern ihre Ware an. »Erst heute morgen frisch geschnitten.«

Er suchte zwei Rosen aus: zwei purpurfarbene, üppig erblühte; eine steckte er ins eigne Knopfloch, die andere schob er in ihr Mieder. Sie wurde dunkelrot wie die Blume an ihrer Brust.

»Ich danke Ihnen.«

»Adieu, schönes Mädchen.«

Er überquerte die Grünanlage und tauchte ein in die Häuserflucht der nächsten Straße. Ganz an ihrem Ende schimmerte eine Schwadron Kavallerie, mit Standarten, Lanzen, rhythmischen Pferdebewegungen. Nach einer Weile gesellten sich die Klänge einer Militärkapelle und die Menge der Gaffer hinzu ... Das alles bewegte sich vom Ende der Straße ihm entgegen. Die Ausläufer der Menschenlavine erreichten und umfluteten ihn. Sie umfluteten, doch verschlangen ihn nicht – er blieb für sich, zerschnitt mit seinem Körper das gierige Magma und riß sich eine Bahn die Straße hinauf nach Podwale zu. Plötzlich blendete ihn ein weißer Fleck; aus dem Getümmel der Vielfalt stach dieses eine Motiv hervor und machte auf sich aufmerksam. Ein lächerliches, banales Motiv. Jemandes weiße Pikeeweste. Haha, kurios! Kaum zu glauben! Vielleicht, weil dieser Mensch den Hut vor ihm zog?

Wer war das? Wer war dieser hochgewachsene Stutzer? Die flüchtige Begegnung zweier Augenpaare sagte nichts; ein völlig unbekanntes Individuum. Warum hat er gegrüßt? Keine Ahnung. Hahaha! Vielleicht hat er gemerkt, daß ich so penetrant auf seine Weste gestarrt habe? Vielleicht hat er meine Bewunderung und Anerkennung für dieses weiße Kleidungsstück gespürt? Und sich mit einer Verbeugung dafür bedankt. Hahaha! Wie leicht man doch manche Menschen beglücken kann . . .

Das Gewühl wogte vorbei, die Musik verebbte hinter der Straßenbiegung im Häusermeer. Pomian wandte sich ab und blickte geradeaus. Vor ihm lag zusammengeballt zu einem einzigen großen Knäuel die Stadt wie ein von Riesenhand zusammengepreßtes Panorama. Ein paar Fabrikschlote rauchten gemächlich. Im Norden verwob ein glutroter Dunststreifen den Rand der Zitadelle mit dem Fluß.

Er passierte die Stadtgrenze. Vor dem Restaurant »Zum Papagei« erblickte er Danielskis Auto. Sie warteten schon auf ihn. Czorsztyński kam ihm mit ausgestreckten Armen entgegen und sah den Freund besorgt und forschend an.

»Wie fühlst du dich, Tadzik?«

Pomian spürte in des Freundes Stimme ein Beben.

»Ausgezeichnet! Wie noch nie in meinem Leben. Ich danke euch, meine Lieben, daß ihr so pünktlich zur Stelle seid. Fahren wir?«

»Ohne Verzug. Wir haben ja nur noch zehn Minuten Zeit.«

Sie stiegen ein. Der Wagen fuhr los und hüllte sich sogleich in einen Staubschleier. Pomian, dem nicht entging, daß Danielski ihn von der Seite her verstohlen beobachtete, schlug ihm leicht mit der Hand aufs Knie.

»Lolek, du bist heute so sonderbar. Hat dir Ida wieder eine Szene gemacht?«

Der Freund lächelte, gab sich geschlagen.

»Bravo, Tadzik! Deine Haltung gefällt mir. Man könnte glauben, du führest zu einer Hochzeit.«

Über den Köpfen der Fahrenden rauschten die Kronen der ersten Fichten: Sie hatten den Zigeunerwald erreicht. Czorsztyński erhob sich vom Sitz und beobachtete stehend durch den Feldstecher eine Stelle in der Ferne.

»Ich glaube, die anderen sind noch nicht da«, sagte er nach einer Weile mit einem Gefühl der Erleichterung.

»Das ist gut«, erwiderte ebenfalls befriedigt Danielski. »Dann warten wir eben. Ist mir lieber, wenn wir zuerst da sind.«

Das Auto beschrieb einen weiten Bogen, überquerte einen schmalen Waldweg und hielt auf einer von Bäumen umschlossenen Lichtung. Es war fünf Minuten vor zwölf.

Der Arzt holte einen Klappstuhl aus dem Koffer, stellte ihn auf und begann das chirurgische Besteck darauf zurechtzulegen. Die Klinge einer Lanzette, die er ans Licht hielt, gefiel ihm nicht. Daraufhin entkorkte er ein Fläschchen mit einem Sublimat, hielt einen Wattebausch an die Flaschenöffnung, tränkte ihn mit der Flüssigkeit und reinigte das Blatt des beanstandeten Instruments. Seine bedächtigen, wie in Minuten und Sekunden eingeteilten Bewegungen reizten Czorsztyński.

»Mußten Sie denn ausgerechnet hier, fast mitten auf der Wiese, Ihren Kram ausbreiten«, bemerkte er ärgerlich und wies mit einem diskreten Blick auf Pomian, der sich gerade umwandte.

»Aber Julek, so laß doch unseren lieben Doktor in Ruhe seine Vorbereitungen treffen. Es wird genug Platz sein.«

Inzwischen sondierte Danielski das Terrain. Das kurze seidenweiche Gras der kleinen Lichtung, in das da und dort blaue Vergißmeinnicht eingestreut waren, breitete sich wie ein Teppich zu ihren Füßen aus.

»Glatt und eben wie ein Tisch«, stellte er an Czorsztyński gewandt fest. »Also auf 30 Meter Entfernung, wie?«

»Ja. Doch überlaß das mir! Ich messe selber ab.«

Danielski lächelte.

»Natürlich. Du hast die längeren Beine«, sagte er leise.

Vom Rathausturm her wallten Wogen eherner Glockenklänge an ihr Ohr. Es war zwölf Uhr mittags.

»Der Herr Gegner verspätet sich. Wollen wir noch lange warten?« fragte Danielski ungeduldig.

»Es muß in letzter Minute etwas Wichtiges dazwischengekommen sein«, erklärte Pomian und zündete sich eine Zigarre an. »Eine Stunde sollten wir wenigstens noch warten.«

»Mit Verlaub«, protestierten die Freunde einmütig. »Mit Verlaub, mein Lieber! Wenn er nicht bis halb eins erschienen ist, schreiben wir ein Protokoll. So war es abgemacht, das weiß die andere Seite ganz genau.«

»Wie ihr wollt«, entgegnete er gleichgültig, während er die blauen Rauchspiralen seiner Zigarre mit dem Blick verfolgte.

Czorsztyński nahm ein Paar Pistolen aus dem Futteral und gab sie dem Gefährten zur Begutachtung.

»Alles in Ordnung«, konstatierte Danielski nach einer Weile. »Je sechs Patronen in den Magazinen; das genügt . . .«

Ein nervöses Autohupen unterbrach ihn.

»Endlich!« sagte Pomian, atmete erleichtert auf und warf die Zigarre weg.

Dem Auto entstiegen zwei dunkle, schlanke männliche Gestalten.

Pomian blickte beunruhigt hinüber; seine scharfen Augen erkannten, daß der Gegner nicht dabei war.

»Wo ist Pradera?« fragte er leise.

Indessen tauschten die Sekundanten eine kühle, zeremonielle Verbeugung. Auf den Gesichtern der beiden dunklen Gestalten waren Zeichen starker Gemütsbewegung erkennbar.

Es muß etwas passiert sein, dachte Pomian und ging rasch auf sie zu.

»Meine Herren!« sagte mit seltsam veränderter Stimme einer von Praderas Zeugen. »Sie müssen uns die Verspätung verzeihen. Es hat sich etwas nicht Vorherzusehendes ereignet . . . Kazimierz Pradera ist tot . . .«

»Nicht möglich!« stieß Pomian äußerst bestürzt hervor.

»Leider. Es ist die traurige Wahrheit. Minister Kazimierz Pradera starb vor knapp einer halben Stunde eines gewaltsamen Todes, ermordet von der Hand eines unbekannten Attentäters. Meine Herren! Lassen Sie uns, ohne Rücksicht auf Ihr Verhältnis zu ihm, das Andenken dieses ungewöhnlichen Menschen ehren.«

Pomian, kreidebleich, nahm mechanisch den Hut ab. Die anderen folgten seinem Beispiel. Eine Zeitlang herrschte bedrückendes Schweigen. Dann begab sich die aus sechs Männern bestehende Gruppe langsamen, schwerfälligen Schrittes zurück zu den wartenden Autos. Unterwegs blieb Pomian ein paarmal stehen; sein unsteter, irgendwie verwunderter Blick irrte über die Konturen der Bäume, wanderte ratlos über das Strauchwerk, verharrte reglos im Raum. Man mußte den wie geistig Abwesenden ins Auto schieben.

Als sie um die Ecke bogen und in die Senatorenstraße einfuhren, rissen ihn die Stimmen der Zeitungsverkäufer aus seiner Erstarrung:

»Minister Pradera ermordet!«

»Heimtückischer Mordanschlag! Das Opfer: Minister Pradera!!

»Grauenvoller Tod von Minister Pradera!«

»›Kurier‹ mit Sonderbeilage zum Tod des Ministers! Sonderbeilage im ›Kurier!‹ Sonderbeilage!«

»Morgendepesche der ›Umschau‹! Tragisches Ende eines Ministers!«

»Pradera tot!«

»Pradera Opfer einer politischen Mafia! Morgendepesche! Morgendepesche!«

»Heimtückischer Mordanschlag auf den Minister!«

Besuch im Palais in der Jasnastraße

Der Antagonismus zwischen Pomian und Pradera hatte seine Vorgeschichte. Er war organischer, grundsätzlicher Natur, reichte bis zu den Wurzeln fundamentaler Dinge, die über den Umkreis der persönlichen Beziehungen zweier überragender Persönlichkeiten hinausgingen. Dieser in seinem Wesen einzigartige Konflikt überschritt die Grenzen privater Händel und berührte den Bereich allgemeiner Interessen. Er gehörte zum Komplex öffentlicher Angelegenheiten, ging alle an, betraf jedes bewußt denkende Individuum. Daher schien der Schatten, der auf die Galerien des kleinen Palais in der Jasnastraße gefallen war, seine dunklen Spuren weit über die Grenzen des behaglichen Domizils des Ministers auszudehnen, indem er den Trauerflor düsterer Rätsel auf die Abläufe des gesellschaftlichen Lebens warf. Instinktiv fühlte man, es ist ein folgenschweres Ereignis eingetreten, der »Fall Pradera« ist der Epilog eines Kampfes um bestimmte Werte, der nicht erst seit heute oder gestern stattgefunden hat, das Ende des Ringens um bestimmte Grundsätze, die tragische Lösung eines Konflikts, dessen Motive sich periodisch durch alle Jahrhunderte menschlicher Existenz auf Erden wiederholen. Man fühlte zwar etwas, war sich jedoch der Tragweite des Ereignisses nicht völlig bewußt: Dazu war die Gesellschaft damals leider noch nicht herangereift. Man erahnte dieses und jenes zwischen den Zeilen der Presseartikel, manchem dämmerte einiges aus dem Wust der Broschüren, die ad hoc die geheimnisvolle Affäre in der Jasnastraße »kommentierten und analysierten« – doch niemand konnte sich zu einer tiefschürfenden und endgültigen Darstellung des Problems aufschwingen: Wie so üblich bei uns, gab es nur Andeutungen, zaghafte, auf Schritt und Tritt hinter den Schutzwall des üblichen sich zurückziehende Vermutungen und die Tatsache verharmlosende, banale und seichte Hypothesen.

»Herrschaften!« warnte eine sachliche Stimme in einer der Zeitungen, »Herrschaften! Wir sollten doch tunlichst vermeiden, metaphysische Elemente in die Sphäre des gewöhnlichen Verbrechens einzubringen! Alles, nur das nicht! Wir würden uns da nur grenzenlos blamieren!«

Die Warnung wirkte heilsam. Seitdem hielt man den Fall in den engen Grenzen der »praktischen Vernunft«. Die Meute der Polizisten-Spürhunde schnüffelte in gewohnter Weise nach der Spur, die zum Mörder führte, und die Untersuchungsrichter strapazierten gemäß der alt-«bewährten« Methode ihre Gehirnkästen bei verbissenen, routinierten Zeugenvernehmungen.

Es kam nichts dabei heraus. Nach einem Monat Ermittlungen war die Untersuchung an einem toten Punkt angelangt. Die Angelegenheit war in eine Sackgasse geraten, es gab keinen Ausgang, weder auf der linken, noch auf der rechten Seite. Man hätte eigentlich zum Rückzug blasen müssen, doch dazu fehlte es bereits an Mut . . . und an Ehrlichkeit sich selbst gegenüber.

Pomian war der einzige, der von Anfang an das Wesen dessen, was sich zugetragen hatte, begriff. Nach den ersten Tagen der Benommenheit, hervorgerufen durch das völlig überraschend eingetretene Ereignis, kam er allmählich wieder zu sich und begann zu analysieren. Langsam traten die Folgen des Schlages, der ihn so völlig überraschend getroffen hatte, in den

Hintergrund und machten einer ungeheuren, immer tiefer in die Sache eindringenden Verwunderung Platz. Das seltsame Zusammentreffen der Umstände, jene außergewöhnliche Gleichzeitigkeit des eingetretenen Todes und des nicht zustandegekommenen Duells, war anscheinend nicht dem Zufall zuzuschreiben. Er sah darin geheimnisvolle Bedeutungen. Was am 22. September geschehen war, wies darauf hin, daß seine Absicht, mit der er sich schon lange getragen hatte, rechtens gewesen war. Das »Schicksal« hatte sich auf seine Seite gestellt und war dem Todesstoß zuvorgekommen, den er Pradera hatte versetzen wollen. Die Hand des Mörders, die das Messer in das Herz des Ministers stieß, war nur ein blindes Werkzeug. Er starb, weil er sterben sollte, weil er sterben mußte. Zwar wäre es Pomian lieber gewesen, wenn es einen Kampf mit gleichen Chancen gegeben hätte, doch die Höheren Mächte hatten anders entschieden: Ein anderer hatte »das« für ihn ausgeführt. Doch warum tat es ein anderer? Warum stellvertretend für ihn?

Vielleicht, damit der Todesstoß sicherer und unfehlbarer war – vielleicht auch, um ihn, Pomian, vor eventuellen Folgen des Duells zu schützen. Offensichtlich war ihm beschieden, am Leben zu bleiben und das begonnene Werk zu vollenden. Er war der »Idee« zuliebe verschont geblieben. Der tragische Tod des Gegners wurde für ihn zu einem Beweis für die Richtigkeit der »Sache«, in deren Namen er Pradera den Kampf auf Leben und Tod angesagt hatte. Pomian spürte mit einemmal, wie sich rings um ihn eine Atmosphäre übersinnlichen Wohlwollens ausbreitete, die jeden seiner Schritte zu behüten und ihn vor »bösen Abenteuern« zu schützen schien. So gab er sich denn der unsichtbaren Obhut mit der stillen Freude eines Kindes hin, ohne eine Spur von Stolz, wohl wissend, daß dies ein vorübergehender Zustand war, der nur so lange währen würde, wie es angeraten und nötig war.

Pradera und er kannten sich schon lange, hatten gemeinsam die Schulbank gedrückt. Schon damals, beinah schon bei der ersten Begegnung im Gymnasium, hatten sie begriffen, daß sie krasse Gegensätze waren. Der Kontrast ihrer Charaktere und Geistesgaben trat bereits damals deutlich, manchmal sogar kraß zutage. Selbst vom Physischen her waren sie auffallende und bemerkenswerte Gegensätze. Pradera, groß, stämmig und stark, war der beste Sportler der Schule, von den Schulkameraden geliebt und vergöttert. Pomian hingegen, mittleren Wuchses, schmal, mit eingefallenem Brustkorb, galt als morbider, schwächlicher Schönling.

Beide waren auffallende Erscheinungen, wenn auch völlig entgegengesetzten Typs. Praderas Mentalität, klar, heiter und nüchtern, erfaßte die Wissenschaften vom Gesichtspunkt des Praktischen her. Er verfügte über enorme Fähigkeiten, hatte ein hervorragendes Gedächtnis, war ein As in Mathematik und in allen naturkundlichen Fächern.

Pomian war ein Träumer. Er sah die Phänomene des Lebens gefiltert durch den Destillierapparat seiner Seele und seines Herzens. Sie waren umwoben von den Nebeln des Geheimnisses und der Andeutungen. Er blickte mit vor Verwunderung geweiteten Augen eines großen Kindes in die Welt. Eine große, stille Trauer lag in diesen blauen, ein wenig müden Augen. Er war von leidenschaftlicher Frömmigkeit. Erzogen unter der zärtlichen Obhut seiner Mutter, einer ungewöhnlichen, phantasiebegabten und sehr empfindsamen Frau, war ihm von ihr die Neigung zur mystischen Weltsicht überkommen. Daher war er nicht sehr beliebt. Die Klassenkameraden mieden den

»heiligen Pomian«, bezichtigten ihn heuchlerischer religiöser Schwärmerei. Und auch er hielt sich von den anderen fern. Ihn ärgerte der Zynismus der ausgelassenen Altersgefährten, die es als Ehrensache ansahen, »Katecheten und Pfaffen« zu verspotten und Slogans zu verkünden, die eilends mit darvinistischen Theorien verknüpft wurden. Der frühreife Junge, überempfindlich wie eine Mimose, verspürte eine instinktive Abscheu vor dem in Mode gekommenen Bespeien heiliger und geheimnisvoller Dinge.

Gegen Ende des Studiums »befreite« auch er sich von den engen Formen kirchlicher Dogmen, blieb aber trotz allem eine durch und durch religiöse Natur. Die frühere Frömmigkeit, die mitunter fast an Bigotterie gegrenzt hatte, wurde zu einem starken, von Jahr zu Jahr sich mehr vertiefenden Mystizismus.

Als sich nach achtjähriger Gymnasialzeit vor ihm und Pradera der freie und ungehinderte Weg zu selbständigem wissenschaftlichem Arbeiten und Forschen öffnete, nahm ihr Antagonismus sogleich einen entschiedenen Charakter an: Die nur halb bewußte Abneigung der vorangegangenen Jahre steigerte sich zu unerbittlichem, elementarem Haß. Von da ab führten ihre Wege sie in diametrale Richtungen. Und da beide trotz der unterschiedlichen Veranlagungen zu den aktiven Naturen gehörten, gern auf andere Einfluß nahmen und eine möglichst große Zahl von Menschen in das Fahrwasser ihrer Ideen und Losungen zogen, war der Konflikt unausbleiblich.

Es begann mit ihren Dissertationen. Als geistige Gegner wählten sie zum Thema ihrer Doktorarbeiten das gleiche philosophische Problem, das sie in extrem entgegengesetztem Geiste lösten. Praderas These obsiegte. Seine Ansichten über die »Theorie unterbewußter Zustände«, entwickelt in vorsichtiger, sachlicher Weise, intuitiv nicht über die sicheren Grenzen dessen ausufernd, was das Experiment und der gesunde Menschenverstand ergaben, entsprach den Überzeugungen der Professoren mehr als die nebulösen und gewagten Kalkulationen des Träumers, die mit der Patina einer krankhaften Mystik überzogen waren.

Das entschied Pomians Schicksal. Verbittert über den Mißerfolg verzichtete er ein für allemal auf eine wissenschaftliche Karriere und wandte sich der Kunst zu. Nach drei Jahren inneren Ringens, Zweifelns und Haderns erblühte während vieler irrsinniger schöpferischer Nächte die exotische Blume seiner Poesie. Pomian erklomm gleich zu Beginn die höchsten Höhen. Dem Zauber, der von seinen eigenartigen und gleichsam wahnerregenden Werken ausging, erlagen auf Anhieb viele Leser und Kritiker. Dieser junge, kaum mehr als zwanzig Jahre zählende Mann schuf eine eigene Schule, gewann Schüler und Nachahmer, hatte aber auch verbissene Gegner. Wie konnte es auch anders sein! Seine starke, ursprüngliche und originelle Individualität stellte die Menschen vor die unausweichbare Alternative: Entweder unterwarf man sich ihm bedingungslos, oder man lehnte ihn ohne Wenn und Aber ab. Der leidenschaftliche Rhythmus seiner Werke löste rückhaltlose Bewunderung oder stürmischen Protest aus.

So folgte denn auf eine Reihe lobender, ja enthusiastischer Beurteilungen eine Woge giftiger Kritik.

An die Spitze der Gegenbewegung stellte sich damals zum erstenmal Kazimierz Pradera. Obzwar nicht gerade berufen, zumal er doch eher Gelehrter als Literat war, griff er aus Gründen »prinzipieller Natur« zur Feder und begann in den Zeitungen eine verbissene Kampagne gegen den Rivalen. Die künstlerische Seite der Werke überging er »diskret« und überließ sie den »Leuten vom Fach« – statt dessen bekämpfte er in aller Brutalität Pomians Ideologie. Diese war seiner Ansicht nach für die Gesellschaft schädlich, da sie auf Irrwege führte.

In einem seiner mit Galle und Selbstbewußtsein versetzten Artikel schrieb er: »Pomian versucht, uns seine Weltanschauung in ungewöhnlich suggestiver Weise aufzudrängen, indem er Fiktionen schafft, die so stark wie ein Narkotikum wirken und daher besonders gefährlich sind. Der Einfluß dieses zweifelsohne fähigen Mannes kann meines Erachtens verheerende Folgen haben. Pomians krankhafte und absonderliche Werke können sehr leicht unsere Gesellschaft auf die Abwege zügelloser Phantasie und utopischer Mystik führen. Daher betrachte ich es als meine heilige Pflicht, an dieser Stelle auf die Unhaltbarkeit seiner Thesen hinzuweisen, die ganz einfach falsch sind, auch wenn sie sich den Mantel der Wissenschaftlichkeit und Gelehrtheit umhängen. Meine Herren! Das ist nur Pose und Schein, hinter denen sich die hysterischen Auswüchse einer brodelnden Phantasie verbergen. Wir brauchen eine gesunde Literatur, eine gesunde, jawohl, eine gesunde . . .«

Pomian nahm den hingeworfenen Fehdehandschuh auf und antwortete – mit neuen poetischen Werken. So wurde ein zähes Ringen entfesselt, das jahrelang andauern sollte: ein grandioses, in seiner Weise einzigartiges Duell zwischen einem Wissenschaftler und einem Künstler.

Pomian kämpfte für seine Weltanschauung nicht, weil er seine Ambitionen befriedigen oder sich eine kleingeistige Genugtuung verschaffen wollte, die ihm der Sieg seiner Ideologie eintragen würde, nein, ihm ging es darum, die Allgemeinheit zu gedanklichen Höhen zu führen. Er wollte die Augen dieser »Athener« auf den Himmel und die hehrsten Geheimnisse lenken. Er beschloß, sein ungewöhnliches, außerordentliches Talent als Brandopfer auf dem Altar »des Unbenennbaren« darzubringen. Er sah, wie die Gesellschaft, hypnotisiert von der Gier nach Leben und Genuß, verzaubert durch den Kult hohler Losungen, im hoffnungslosen Sumpf des Materiellen versank. Sah, wie ihre Schwingen sich unabänderlich jeden Tag ein wenig mehr den prosaischen Niederungen entgegensenkten, wie sich allenthalben feistes Genießertum breitmachte, wie sich rücksichtslose Einstellung und Karrierismus Bahn brachen. Mithin nahm er den Kampf auf im Namen des Geistes und seiner Unsterblichkeit, im Namen der Ideale, die das Diesseits mit dem Jenseits verbinden – er wollte von ganzem Herzen und mit ganzer Kraft ein allgemeines Erwachen der Menschen bewirken, damit sie wenigstens einen Schimmer der großen Wahrheit in den angststarren Augen der Wahnsinnigen sähen oder den am Rande des Abgrunds Stehenden die grauenvollen Runen unter Schauern der Furcht vorläsen ... Sein Schaffen sollte für sie so etwas wie eine Brücke über die Schlucht von Tschufut-Kale sein, die, einer riesigen geistigen Klammer gleich, die Kluft zwischen dem Diesseits und Jenseits überspannt und von der aus die geheimnisvollen Gefilde am anderen Ufer zu schauen sind ...

Alles deutete darauf hin, daß er siegen würde. Die enorme Ausdruckskraft seiner Werke überzeugte auch die Widerstrebenden, faszinierte die Schwankenden, elektrisierte die Gleichgültigen. Mit der Freude des Schöpfers sah er, wie unter seinem Einfluß in der Gesellschaft bisher unbekannte Wirbel entstanden, die immer weitere Kreise zogen und sowohl einzelne wie auch ganze Gruppen mitrissen. Pomian war in aller Munde. Seine Werke, von allen Seiten kommentiert, mit Leidenschaft, wohl sogar Pedanterie erörtert und durchforscht, drangen in nahezu den letzten Winkel, weckten Interesse, eröffneten neue Perspektiven und Weiten. Eine frische und belebende Strömung setzte sich dank seiner in Bewegung. Die von der Sorge des Alltags gesenkten Stirnen der Menschen hoben sich, die müden Augen blitzten auf in der Hoffnung auf ein Jenseits ...

Doch auch Pradera war nicht müßig, auch ihm gelang es, ein ganzes Heer von Anhängern um sich zu scharen, das bereit war, seine Bemühungen fanatisch zu unterstützen. Nachdem er den Lehrstuhl für Exakte Philosophie errungen hatte, schleuderte er von ihm aus Blitze des Verdammens auf das Lager des Gegners. Seine lapidaren und logischen Vorlesungen, die er sorgfältig und methodisch vorbereitete, konnten mit der Zeit zu einer tödlichen Waffe werden, um so mehr als auch er über eine starke und wie Damaszenerstahl biegsame Zunge verfügte. Mit eiserner Konsequenz riß der Professor jedes noch so zarte »Unkraut des Mystizismus« aus den Seelen seiner Hörer, vertrieb allen »störrischen Transzendentalismus«, zertrennte das blaue Gewebe der Träume und metaphysischen Sehnsüchte und ersetzte es durch die graue, kalte »Wirklichkeit« ...

Als er nach etlichen Jahren Tätigkeit bedeutenden Einfluß gewonnen hatte, beschloß er, sein Wirkungsfeld auf das Gebiet der Politik auszudehnen und sich um ein Mandat zu bewerben. Das Glück war ihm hold: Er wurde Abgeordneter. Alsbald war sein Name aus den Berichterstattungen über die Sejmsitzungen nicht mehr wegzudenken: Seine energischen, durch kühle und kraftvolle Logik bestechenden Reden erregten allgemeines Aufsehen. In kurzer Zeit sammelte sich um seine Person der Klub der »Freunde des Staates«, der ihm mit rücksichtslosem Vorgehen den Weg nach oben bahnte. Als es ein halbes Jahr später zum politischen Umbruch kam und ein Teil des

Kabinetts zurücktrat, erhielt Pradera einen Ministerposten.

Kräftig unterstützt von seiner Partei, deren Vertreter dank ihm in die neue Regierung einzogen und die Mehrheit im Parlament bildeten, begann er eine breitangelegte Kampagne. Die Richtung, die er der Politik aufzwang, entsprach in idealer Weise seinen philosophischen Grundsätzen, die er etliche Jahre zuvor vom Lehrstuhl aus verkündet hatte. Der Staatsmann Pradera war eine Umsetzung des Philosophen Pradera in die Praxis. Der Kurs, den der Minister in der Politik einschlug, wurde zu einer Verkörperung all der Gedanken und Ansichten, die er kurz zuvor seinen Studenten unterbreitet hatte.

Die Regierung Pradera legte ihrem Handeln die Losung zugrunde: »Expansion nach außen und Stärkung und Belebung der Wirtschaft im Inneren.«

Das Arbeitsprogramm, das der neue Minister in seinem ersten, glänzend formulierten Entwurf skizziert hatte, begeisterte breite Kreise der Gesellschaft. Man sah nur den Glanz und die Trümpfe darin – die Schattenseiten sah keiner oder fast keiner. Die Presse sang unisono Lobeshymnen zu Ehren des genialen Staatsmannes, selbst die trotzigsten Stirnen der bisherigen Opposition neigten sich in demütiger Anerkennung. Mit Enthusiasmus wurde vom verstärkten »Pulsschlag der Nation« gesprochen, von einem Zustrom der Volksenergie, vom »wunderbaren Wachstum und der Ertüchtigung des Staatsorganismus«. Der Minister hatte auf der ganzen Linie gesiegt.

Pomian beobachtete und schwieg. Den Triumph des Widersachers empfand er durchaus nicht als persönliche Niederlage. Im Gegenteil. In den ersten Monaten des »neuen Systems« unterlag auch er scheinbar der Kollektivsuggestion und schien zu schwanken. Ihm kam der Gedanke, daß es möglicherweise für seine Ideologie noch zu früh wäre, daß er noch warten sollte, bis das Volk die festen Grundlagen des materiellen Wohlstands errungen hätte. Zwar gemahnte ihn eine hartnäckige innere Stimme an das fundamentale Gesetz der Evolution, daß alles, was vom Geist kommt, auch für den Geist bestimmt ist und nicht für irdische Ziele, daß jede Macht und Kraft, die sich nicht auf geistige Grundfesten stützt, brüchig und unbeständig wird – dennoch unterdrückte er gewaltsam die Einflüsterungen, verstopfte sich die Ohren vor dem zu früh wirkenden Mahner. Daher verstummte er und wartete auf die Ergebnisse.

Er brauchte nicht lange zu warten. Nach einigen Jahren seiner Tätigkeit zeigten sich am Gebäude, das Pradera eilig mit wilder, unerschrockener Energie errichtet hatte, die ersten Risse und Schwachstellen. Die Negierung des Idealismus und des Glaubens an eine höhere, metaphysische Herkunft des Menschen begann sich bitter zu rächen. Praderas System, dieses System, das häufig mit einem aus einem einzigen Granitblock gemeißelten Monolith verglichen wurde, geriet ins Wanken. Am politischen Horizont des Auslands zogen dichte bleierne Wolken auf, die sich jeden Augenblick in einem schweren Gewitter zu entladen drohten, im Inneren des Landes tobte eine Orgie vulgären Materialismus und brutaler Sinnlichkeit. Die Einseitigkeit des Systems führte in eine gefährliche Richtung.

Pradera hielt sich trotz allem an der Macht. Nachdem er durch die Verherrlichung der allerniedrigsten, weil sinnlichen Leidenschaften der Massen an die Spitze des Staates gelangt war, hielt er nun krampfhaft das Ruder fest, das ihm aus der Hand gleiten wollte. Als die vor langem verstummte Opposition wieder das Haupt hob, verfügte er scharfe Präventivmaßnahmen und drohte mit einer Diktatur. Wer weiß, vielleicht träumte er von einem Staatsstreich? Vielleicht sah er auch in seinen ehrgeizigen Träumen bereits die Königskrone auf seinem Haupt?

Indessen verschärfte sich die Situation von Monat zu Monat. Praderas Verbissenheit und Fanatismus heizte die feindliche Stimmung der Nachbarstaaten noch mehr auf und verärgerte die Verbündeten. Dem Staat drohte fatale Isolierung. Da kam Pomian zum erstenmal der Gedanke, Pradera zu beseitigen. Er sah in ihm nicht mehr nur den verhaßten Widersacher, sondern ein Individuum, das dem Wohl der Gesellschaft Schaden zufügt und das man unter allen Umständen aus dem Weg räumen muß. Nur war zu überlegen, auf welche Weise. Der legale Weg war ihm völlig verschlossen, denn trotz allem saß der Minister noch zu fest im Sattel, als daß man ihn hätte stürzen können. Es blieb nur ein Attentat oder die Tötung im Duell nach einer persönlichen Auseinandersetzung. Da er zu ersterem nicht fähig war, entschloß er sich zu einem Zweikampf. Das schien ihm die einzige anständige Lösung des Problems: Er legte sein eigenes Leben mit in die Wagschale und überließ dem Schicksal den Ausgang. So nahm Pomian mit erhobener Stirn die Realisierung seines gefährlichen Vorhabens in Angriff.

Zu bedenken blieb nur der technische Ablauf der Ausführung. Hierbei stieß er nicht auf allzu große Schwierigkeiten. Da Pradera, wenn er ihn in seiner Eigenschaft als Politiker angriffe, als Staatsmann vermutlich gar nicht reagieren würde, selbst eine Schmähung mit Schweigen übergehen oder sich rächen könnte, indem er den Gegner staatsrechtlich zur Verantwortung zöge, beschloß er, einen Zwist auf gesellschaftlicher Ebene zu provozieren.

Eine Gelegenheit dazu sollte sich alsbald ergeben. Pomian verdankte dies seinem recht weit verzweigten

Bekanntenkreis im Literaten- und Akademikermilieu. Da er wußte, daß der Minister häufig die Freitagsempfänge im gastfreundlichen Hause der Familie Rudzicki besuchte, bemühte er sich um eine Einladung für den 20. September.

Während einer Konversation zu literarisch-künstlerischen Problemen kam es zu einer scharfen Auseinandersetzung zwischen beiden Gegnern. Es fielen ein paar starke, unmißverständliche Worte. Pomian wagte sogar eine offene Beleidigung. Eine Herausforderung zum Duell schien unvermeidlich.

Ein paar Stunden später stellte man einander bereits die Bedingungen; sie waren hart und schlossen für beide die Möglichkeit aus, sich aus der Affäre zu ziehen. Die Begegnung sollte am 22. September um die Mittagszeit stattfinden. Und an ebendiesem Tag um elf Uhr dreißig vormittags starb Pradera, tödlich getroffen durch die Hand eines unbekannten Verbrechers. Das Schicksal war Pomian zuvorgekommen und als Vollstrecker an seine Stelle getreten.

So sah es zumindest aus. Denn an einen Zufall glaubte er nicht. Offenbar existierte irgendeine geheimnisvolle Kraft, ein dem Organismus der Welt immanentes Intelligenz-ICH, das darüber wachte, daß gewisse Grenzen nicht überschritten wurden. Wenn ein von einem exklusiven Gedanken besessener Mensch sich allzu weit in eine bestimmte Richtung vorwagte und aus dem Gleichgewicht zu geraten drohte, schritt diese Kraft als gerechter, aber auch unnachgiebiger Vermittler ein. Diesem Intervenieren verdankte Pomian sein Leben. Es wunderte ihn nur, daß das bisher niemand bemerkt hatte. Und doch hätte ein noch so flüchtiger Blick auf die Details der Tragödie in der Jasnastraße ähnliche Überlegungen auch bei anderen auslösen müssen. Seit ein paar Monaten verfolgte Pomian mit angestrengter Aufmerksamkeit den Verlauf dieser Sache, vertiefte sich stundenlang in die Berichterstattungen der Reporter von Zeitschriften und Tageszeitungen.

Von Anfang an verblüffte ihn ein gewisser charakteristischer Zug, der dem ganzen Fall anhaftete: die scheinbare Sinnlosigkeit der Tat, die unter folgenden Umständen verübt wurde:

Am 22. September gegen 11 Uhr 30 tauchten in der Privatwohnung des Ministers Kazimierz Pradera seine beiden engen Freunde Herr Z. und Dr. K. auf und baten, dem Herrn des Hauses unverzüglich in einer wichtigen Angelegenheit gemeldet zu werden. Der beauftragte Diener kehrte nach einer Weile kreidebleich zurück, und da er sichtlich vor Entsetzen kein Wort herausbringen konnte, forderte er durch Gesten die Besucher auf, ihm zu folgen. Stark beunruhigt taten sie es. Sie schritten durch zwei Zimmer und bogen in einen seitlichen Korridor ein, der zu einer von drei Seiten verglasten Loggia führte. Hier blieb der Diener stehen und ließ die Gäste vorbei, er selbst zog sich zurück als fehlte es ihm an Mut weiterzugehen. Die Herren Z. und Dr. K. passierten, ein Unglück witternd, rasch die Galerie und befanden sich alsbald in der weißen, mit Marmor ausgelegten Loggia des Palais, die zum Park hinaus führte.

Hier auf dem mit Blutflecken besudelten Fußboden fanden sie den Minister in halb kniender Stellung, den Ellbogen des einen Arms auf die Marmorfliesen gestützt, die Hände des anderen Arms krampfhaft um die eisernen Pfosten des Schutzgitters gekrallt. In Praderas Augen, bereits gebannt in die glasige Starre des Todes, standen Furcht und Staunen. Aus der Herzgegend, in der ein Messer steckte, sickerte ein dunkles, purpurfarbenes Rinnsal.

Wie vom Donner gerührt standen die Freunde eine Zeitlang reglos an der Tür. Als erster faßte sich Dr. K.

und beugte sich über das unglückliche Opfer. Doch schnell stellte er fest, daß keine Rettung mehr möglich war. Die Klinge des Mörders hatte die Schlagader durchschnitten ...

Sogleich brachten sie die Leiche ins Haus und informierten unverzüglich die Sicherheitsorgane. Eine halbe Stunde später erfuhr die Hauptstadt die düstere Nachricht und zwei Stunden darauf das ganze Land.

Die sofort in die Wege geleitete Untersuchung erbrachte keinerlei eindeutige Ergebnisse; je mehr sich die polizeilichen Behörden anstrengten, um so verworrener wurde die ganze Angelegenheit. Man war nicht einmal in der Lage, den Charakter des Verbrechens festzustellen. Zwar hielt ihn die Mehrzahl der Artikelschreiber für ein Attentat mit politischem Hintergrund, doch klangen diese Äußerungen unsicher und nicht sehr überzeugend.

Die Aussagen der Zeugen, darunter die der Frau Amelia Pradera, der Witwe des ermordeten Ministers, sowie die der Dienstboten, trugen in keiner Weise zur Wahrheitsfindung bei. Im Gegenteil, sie brachten sogar noch das Ferment des Rätselhaften und Geheimnisvollen in die Ermittlungen. Besonders ein Detail aus den Angaben des Kammerdieners, Józef Święcki, gab der düsteren Affäre einen grotesken Anstrich.

Der Diener, der mit dem ermordeten Minister noch um elf Uhr fünfundvierzig, während er ihm beim Umkleiden half, gesprochen hatte, sagte folgendes aus:

Am 22. September sei der Minister gegen elf Uhr vormittags von einer wichtigen diplomatischen Konferenz nach Hause zurückgekommen. Er sei schrecklich nervös gewesen und habe über Kopfschmerzen geklagt. Nach Verzehr eines kleinen Frühstücks in Gesellschaft seiner Frau habe er plötzlich das Speisezimmer verlassen mit der Entschuldigung, am Vormittag noch etwas Wichtiges erledigen zu müssen, das keinen Aufschub dulde. Er sei sofort ins Schlafzimmer gegangen, wo ihm der Zeuge beim Umziehen behilflich gewesen sei. Der Zeuge erinnerte sich ganz genau, daß sein Herr an diesem Tage seine geliebte weiße Pikeeweste trug, angeblich ein Geburtstagsgeschenk von seiner Frau. Beim Umkleiden sei ihm aufgefallen, daß der Herr Minister die Unterwäsche und erwähnte Pikeeweste regelrecht durchgeschwitzt hatte – ein physiologischer Umstand, den der Zeuge vorher noch nie bei seinem Herrn wahrgenommen habe.

»Herr Minister sind heute sicherlich zu rasch die Treppe hinaufgelaufen«, habe er vorsichtig zu äußern gewagt.

»Schon möglich«, habe Pradera geantwortet, »bringe das alles jedenfalls gleich raus an die Luft!«

Święcki hatte den Befehl ohne Verzug erfüllt, war hinaus auf die Terrasse gegangen und hatte die Weste über das Geländer gehängt, danach war er, ohne noch einmal in das Schlafzimmer des Herrn zurückzukehren, ins Haus gegangen. Durch die Nervosität und schlechte Laune des Ministers offenbar wie gelähmt, hatte er erst zehn Minuten später erkannt, daß es falsch gewesen war, die durchgeschwitzten Sachen dort aufzuhängen, und daß es besser wäre, sie woanders lüften zu lassen. Doch als er sich erneut zur Loggia begab, um den Fehler zu korrigieren, fand er seinen Herrn in den letzten Zuckungen der Agonie. Die Tragik des Augenblicks überlagerte zunächst alle zweitrangigen Details und lenkte seine Aufmerksamkeit ab von dem eigentlichen Ziel, das ihn zur Loggia zurückgeführt hatte. Denn als er kurz danach bei der Tatortbesichtigung zugegen war, die die Untersuchungsorgane ohne Verzug vornahmen, stellte er fest, daß die Pikeeweste spurlos verschwunden war. Sein

Suchen unten im Park, wohin ein Windstoß sie getragen haben mochte, war ergebnislos.

Mehr wußte der Kammerdiener Święcki nicht zu sagen. Der alte Domestike, der den ermordeten Minister nach seinen Worten schon betreut hatte, als dieser noch ein kleiner Junge gewesen war, maß seinen Darlegungen große Bedeutung bei, was ein ironisches Lächeln auf den Lippen des vernehmenden Beamten hervorrief. Den redlichen, doch wohl schon ein wenig kindisch gewordenen Alten schien das Verschwinden der weißen Weste ebenso stark zu bekümmern wie der Tod seines geliebten Herrn.

»So vermischt sich mitunter im Leben das Tragische mit dem Komischen und stellt eine seltsam schielende Karikatur dar«, fügte der Berichterstatter, der die Aussagen des Dieners kommentierte, abschließend hinzu.

Dennoch war für Pomian von der ganzen Flut der Zeitungsartikel, die sich mit dem »Fall Pradera« beschäftigten, die Aussage des alten Kammerdieners die interessanteste. Möglicherweise war er der einzige Mensch, für den ihr Inhalt nichts Lächerliches enthielt, für ihn hatte freilich das Motiv der weißen Pikeeweste eine außergewöhnliche Bedeutung. Denn durch ein besonderes Zusammentreffen der Umstände wiederholte es sich wie ein aufdringlicher Refrain: zum erstenmal am Vorabend des verhängnisvollen Tages im Hause der Rudzickis, zum zweitenmal eine halbe Stunde vor dem nicht zustande gekommenen Duell. Wie eine hartnäckige Vision, hervorgerufen durch eine Assoziation düsterer Bilder, hob sich jetzt von der Filmleinwand der Erinnerungen die weiße, makellose Hemdbrust des Premierministers ab, umrahmt von der weißen Pikeeweste, die er bei seinem letzten »Five o'clock-Besuch« bei Rudzickis trug und die ebenso strahlende, schneeweiße Weste jenes

Unbekannten, der ihn unvermittelt auf der Straße gegrüßt hatte. Was hatte dieser Mensch damals von ihm gewollt, als er auf dem Wege war, sich mit Pradera zu duellieren? Warum hatte dieser Mensch, dieser komische Kerl, ihm so wohlwollend zugelächelt?

Nachdem Pomian einen Monat hindurch die Einzelheiten der Ermittlungen verschlungen hatte, fühlte er, daß die »Affäre Pradera« wie Haschisch auf ihn wirkte. Je weiter er in ihr Labyrinth vordrang, desto stärker zog ihn das Geheimnisvolle daran an, desto üppiger wucherte das giftige Unkraut der Neugier. Mit unheilvoller Leidenschaft vertiefte er sich in die unterirdischen Gänge der fatalen Angelegenheit, mit ungewöhnlicher Beharrlichkeit kroch er in ihre finsteren Winkel, ohne Furcht vor möglichen Folgen. Langsam, aber sicher ergriff eine Manie von ihm Besitz: Er begann, sich in den gegenwärtigen psychischen Stand des Mörders hineinzuversetzen.

Offenbar beherrschte ihn die Angst vor Entdekkung. Das führte zu ständiger Wachsamkeit und Achtgeben auf Schritt und Tritt. Eine einzige unbedachte Bewegung, ein einziges überflüssiges Wort konnten ihn verraten. Daher mußte die grundsätzliche Richtschnur seines Handelns von nun ab Vorsicht bei der Wahl der Worte, ja äußerste Sparsamkeit in ihrem Gebrauch sein. »Wände haben Ohren«, würde die oberste Devise für diesen neuen Lebensabschnitt sein, der in düsterem, bleiernem Glanz am Horizont schim merte ... Diese abendlichen Schatten drüben an der Mauer könnten gefährlich sein – Konturen einer menschlichen Gestalt ... Vielleicht die Silhouetten von Spitzeln? ... Jener fremde Mann, der gleichgültig die Plakate an der gegenüberliegenden Straßenecke betrachtet, sieht verdächtig aus ... Lieber ihm nicht unter die Augen kommen ... Um jeden Preis so rasch wie möglich verschwinden ... Was für eine Qual! ...

Pomian empfand höllische Marter und zitterte vor Angst um den Übeltäter. Unversehens verringerte sich die verbliebene Distanz zwischen ihm und jenem auf Null, und eines Nachmittags gewahrte er voller Verwunderung eine schreckliche Identität. Er war gerade in einem Café und las einen Artikel im »Tageblatt«, der die Untersuchungsergebnisse im Fall Pradera referierte. Der geistreiche Berichterstatter sah die Dinge von einer anderen Seite und wies den ermittelnden Organen neue Wege. Er hatte die Überzeugung gewonnen, daß die Polizei auf der richtigen Fährte sei, wenn sie die empfohlene Richtung einschlage ...

Plötzlich hob er den Blick von der Zeitung und sah in die prüfend auf ihn gerichteten Augen eines Herrn am Nebentisch. Er geriet in Verwirrung, fing an zu zittern und spürte das Blut aus seinen Wangen weichen.

Was ist los mit mir, zum Teufel? dachte er und versteckte ärgerlich sein Gesicht vor den aufdringlichen Blicken hinter der Zeitung.

»Er weiß etwas über dich«, zischte eine Stimme kalt und scharf wie eine Klinge. »Er hat einen bestimmten Verdacht ...«

»Was geht mich das alles an, zum Teufel nochmal?« antwortete Pomian fast hörbar und rief den Ober, um zu zahlen. Nach einer Weile lief er nervösen Schrittes die Esplanade entlang.

Wenige Tage später regte sich in ihm plötzlich das Verlangen, jenes Palais in der Jasnastraße aufzusuchen, zuerst ein zaghaftes, gleichsam zufälliges, bedeutungsloses – später, je mehr sich der Verstand dagegen wehrte, ein immer stärker werdendes, immer thyrannischer gebietendes. Er widersetzte sich ihm eine Woche lang, dann gab er auf.

Und eines Nachmittags ging er hin.

Das Haus war leer. Zwei Wochen nach Praderas Tod war die schöne einstöckige Villa fast wie ausgestorben. Außer dem Hausmeister und dem alten Kammerdiener Święcki wollte niemand mehr dort wohnen. Selbst der ausgeglichene und mit typisch amerikanischer Gelassenheit ausgestattete Botschafter der USA, der zu Lebzeiten des Ministers den rechten Flügel des Palais bewohnt hatte, war in eine andere Gegend der Stadt gezogen. Das Haus war alsbald von Legenden umwoben, von einem Gewirr irrationaler Gerüchte und Vermutungen. Angeblich spukte es im Palais ...

Vielleicht verdankte Pomian diesem Umstand, daß er ungehindert ins Innere des Hauses vordringen konnte. Leise stieß er das Eingangsportal auf, das zwei in Nischen vor sich hin dösende steinerne Löwen bewachten, und schlich hinein. Die erste Tür im Parterreflur stand offen.

Ohne Zögern ging er hindurch. Eine übermächtige Neugier lenkte seine Schritte nach rechts, durch eine Zimmerflucht, die irgendwo weit hinten an einem Korridor endete, der zur Loggia führte. In der Bibliothek schrak er zusammen: Jemand war nebenan im Salon; ein Knarren des Parkettfußbodens verriet es.

Klopfenden Herzens blieb er stehen und ging dann geduckt, auf Zehenspitzen, um Geräusche zu vermeiden, zur halb geöffneten Tür. – Mitten im Zimmer stand der Kammerdiener Święcki und betrachtete ein Gemälde, das über dem Schreibtisch hing und Pradera in natürlicher Größe zeigte. Die alten, vom Nebel des Alters getrübten Augen des Dieners hingen am Konterfei des Herrn mit dem Ausdruck hündischer Treue und Ergebenheit. Plötzlich entrang sich der eingefallenen Brust des Greises ein abgrundtiefer Seufzer. Langsam, mit zitternden Händen, nahm er die Brille ab, ließ sich schwer in den Sessel fallen, senkte den Kopf und begann leise zu schluchzen ...

Pomian nutzte die Gunst des Augenblicks. Auf leisen Sohlen schlich er gekrümmt wie ein Kater am Sessel vorbei in den Gang, der das Palais mit dem Seitenflügel verband. Bald darauf befand er sich in der Loggia. Seine neugierigen Augen suchten naiv nach den Spuren des Verbrechens, das hier vor zwei Monaten begangen wurde, nach den Flecken geronnenen Bluts auf dem Fußboden! Doch vergebens. Die glänzenden schwarzen Marmorfliesen spiegelten ihm nur getreu seine eigene Gestalt wider. Da beugte er sich über das Geländer und blickte fragend in den Garten hinunter. Von dort antwortete ihm nur das blutrote Lächeln der Rosen und die versonnene Melancholie der Tulpen. Links vom Erker schimmerte schwarz die kahle Fahnenstange, ein Überbleibsel der US-Botschaft.

Hier hatte zu später Nachmittagsstunde sicherlich oft der große Staatsmann den Stimmen der Stille gelauscht ... Vielleicht hatte er hier, während seine heiße, müde Stirn vom kühlen Abendhauch umfächelt wurde, seine ehrgeizigen Zukunftspläne geschmiedet. Über die Brüstung gelehnt seine Träume von der unumschränkten Macht geträumt ...? Oder in mondhellen Nächten den Lauf der Sterne seines Schicksals verfolgt ...?

Pomian lächelte bitter, aber auch schadenfroh ...

»Sunt lacrimae rerum«, flüsterte er nachdenklich, »Größe und Nichtigkeit – Schall und Rauch ... Sic transit gloria mundi ...«

Er verließ die Loggia, fand im Korridor einen Seitenausgang und ging die Wendeltreppe hinunter. Doch hinter der ersten Windung, ein paar Schritte unter ihm, sah er eine Gestalt heraufkommen. Ein Mensch von kümmerlichem Äußeren, bucklig, in einem langen, faulgrünen Laborkittel, zog sich hinkend am Geländer die Treppe empor. Pomian kamen dieses dunkle, zerfurchte Gesicht und der schleppende, ungeschickte Gang seltsam bekannt vor... Dieses Gesicht, diese abscheuliche Fratze, diese scheußliche Karikatur ... wessen??

Plötzlich aufflammende sinnlose Wut trieb ihm das Blut in die Augen.

»Du alter Schurke, was kriechst du hier herum?« schrie er in ohnmächtigem Zorn. »Ich übergebe dich der Polizei, du Lump!«

Der Mann im grünen Kittel hob den Blick, einen kalten, ruhigen, höhnischen Blick, und ging schweigend dicht an ihm vorbei, weiter die Treppe hinauf. Offenbar wollte er dorthin, woher Pomian gerade kam: zur Loggia. Dieser eine Blick hatte genügt. Entsetzt, zähneklappernd wie im Fieber, erkannte Pomian ihn, erkannte ihn und verlor ihn im selben Moment aus den Augen: denn bevor der eigenartige Mensch die Loggia erreicht hatte, verging seine Gestalt in Nebelfetzen, verschwand ohne Spur ...

Pomian atmete tief auf, wischte sich den Schweiß von der Stirn und schlich zum Ausgang, um aus diesem unheimlichen Haus zu entkommen. Doch als er schon die zitternde Hand auf die Klinke legte, hörte er hinter sich das trockene Hüsteln des Kammerdieners.

»Zu wem wollen Sie?« lautete seine mißtrauische Frage.

»Ich wollte, mein Lieber, hier die Schatten deines Herrn suchen«, antwortete Pomian mit fremder, rauher Stimme, »statt dessen hatte ich offenbar eine Begegnung mit ...«

Er beendete den Satz nicht, winkte nur ab und eilte auf die Straße.

Präludien

Seit drei Wochen wiederholten sich solche »Geschichten« fast tagtäglich. Oberflächlich betrachtet schienen sie harmlos wie die Streiche eines mutwilligen Pennälers, der hinter einem Gebüsch hervor Papierkugeln an die Nase des verhaßten Paukers schnippen läßt. Naive, eigentlich niemandem so richtig Schaden zufügende Streiche. Gewiß, selbst Pomian hätte diesen Lappalien keine größere Bedeutung beigemessen, wäre nicht das unterschwellige, tief in der Seele verborgene Vorgefühl gewesen, daß sie die Ankündigung von etwas Ernsterem waren. Eine nur halb bewußte Erinnerung an Erfahrungen vergangener Jahre warnte vor etwas, was auf diese unschuldigen Präludien folgen konnte.

Und es begann tatsächlich mit ziemlich lächerlichen Erscheinungen. Ein anderer, der nicht so empfindlich auf diese Art Abweichungen von der Norm reagiert, hätte das vielleicht gar nicht so mitbekommen. Pomian aber entdeckte auf Anhieb, daß irgend etwas nicht stimmte.

Eines Tages fiel ihm ein gewisses charakteristisches Detail bei der Anordnung seiner Schreibutensilien im Arbeitszimmer auf. Gewöhnlich herrschte hier eine typisch künstlerische Unordnung und uneingeschränkte Großzügigkeit; an diesem Tage aber, als er nach dem Mittagessen sein Sanktuarium betrat, um zu arbeiten, stellte er mit Verwunderung eine mustergültige, wahrhaft spießbürgerliche Ordnung fest: Die Stühle waren paarweise an der Wand aufgestellt wie Soldaten beim Appell, die Schriftstücke und Utensilien symmetrisch zu beiden Seiten des Schreibtischs geschichtet, die Bücher ordentlich im Bücherschrank verwahrt.

Pomian wurde sogleich ganz eigen zumute. Er liebte keine Symmetrie.

Sollte sich Józef herausgenommen haben, eine Probe seines Geschmacks bezüglich der Einrichtung zu liefern? dachte er verärgert und klingelte nach ihm.

»Wer hat dir erlaubt, hier Ordnung zu machen?!« herrschte er den Eintretenden barsch an. »Genügen dir die beiden anderen Räume nicht?«

Die Augen des treuen alten Dieners weiteten sich vor Staunen.

»Seit sechs Tagen, gnädiger Herr, habe ich hier nichts angerührt; vergangenen Mittwoch, das heißt vor einer Woche, habe ich lediglich Staub gewischt, ohne irgend etwas zu verrücken, so wie der Herr es befohlen haben. Im übrigen war das Zimmer seit gestern verschlossen, und keine Menschenseele hätte hier eindringen können. Höchstens . . .«, sagte er gutmütig lächelnd, »höchstens der Gottseibeiuns durchs Schlüsselloch.«

Pomian mußte ihm recht geben: Tatsächlich, jetzt fiel ihm ein, daß er ja gestern, bevor er zur Stadt ging, hinter sich abgeschlossen hatte.

»Hm«, brummte er unwillig, »das stimmt.«

Ein paar Tage später bemerkte er, daß alle Bilder in seinem Arbeitszimmer irgendwie schief hingen, verschoben um ein paar Grade von der waagerechten Linie. Das verblüffte und amüsierte sogar den Diener, der sich eben im Zimmer befand.

»Hahaha«, lachte er, erstaunt die Wände betrachtend. »Alle Gemälde haben heute irgendwie Schlagseite; als hätte der Deibel hier seinen Mutwillen getrieben! Hahaha! Sehen richtig verwegen aus, nicht wahr, gnädiger Herr? Fast wie Grzesiek, der Schustergeselle unten im Parterre, wenn der angeheitert mit schief aufgesetzter Mütze aus der Kneipe kommt. Ich bringe das gleich in Ordnung.«

Und ohne um Erlaubnis zu fragen, rückte er die Bilder wieder zurecht.

Diese beiden Vorfälle schärften Pomians Wachsamkeit; er war seitdem auf der Hut. Seit jenem denkwürdigen Mittwoch, als er zum erstenmal die verdächtigen Veränderungen wahrgenommen hatte, ließ er nie mehr sein Zimmer unverschlossen und trug den Schlüssel auch immer bei sich. Józef war der Zugang zum Zimmer nur in seiner Anwesenheit gestattet, und die wenigen Gäste empfing er stets nur im kleinen Salon im Seitenflügel. Sonst kam niemand außer ihm hier herein: Pomian war Junggeselle, die paar Verwandten, die er noch hatte, lebten in Krakau oder in der Provinz. Trotz dieser Vorsichtsmaßnahmen hörte der »Schabernack« nicht auf. Fast jeder Tag brachte eine neue Überraschung. Etwas Boshaftes hatte sich ins Haus gestohlen und trieb seine Possen mit ihm. Ein Sessel, gestern noch vor dem Fenster stehend, befand sich am nächsten Tag aus unerklärlichen Gründen vor dem Spiegel am anderen Ende des Zimmers. Der Kübel mit der Palme, der immer in der Nische neben dem Schreibtisch gestanden hatte, war nach Pomians Rückkehr aus der Stadt in den hinteren Teil des Zimmers neben den Ofen gewandert; heute hatte jemand die Schachtel Schreibfedern auf den Teppich ausgeschüttet, am nächsten Tag die Manuskriptseiten auf den Fußboden verstreut, ein paar Tage später den Papierkorb umgekippt.

Pomian war wütend. Hatten ihn anfangs die »Bubenstreiche« amüsiert, so war er mit der Zeit ihrer aufdringlichen Beharrlichkeit überdrüssig geworden. Um so mehr, als ihm ein dunkles Vorgefühl sagte, daß dies nichts Gutes verheiße. Irgendeine unklare Erinnerung, irgendein organisches Mneme, von der Vergangenheit in den unterbewußten Schichten der Seele registriert, schien vor etwas zu warnen, das in Kürze eintreten würde. Pomian hatte zeitweilig den unbestimmten Eindruck, daß er ähnliche Erscheinungen schon kannte und daß das, was ihn jetzt so beharrlich verfolgte, schon einmal, früher, stattgefunden hatte und sich gegenwärtig mit gewissen Abwandlungen wiederholte. Mit vor Wut zusammengebissenen Zähnen beschloß er, dennoch vorerst abzuwarten und das possentreibende Individuum aufzuspüren.

Zu diesem Zwecke verbrachte er ganze Tage in dem betroffenen Zimmer, jede Kleinigkeit genauestens beobachtend. Vergebens. Kein einziges Mal gelang es ihm, jemanden zu erwischen, kein einziges Mal, auch nur die geringste Verschiebung der Gerätschaften und Einrichtungsgegenstände des Zimmers zu beobachten. Doch er brauchte nur für einen Augenblick das Zimmer zu verlassen, um gleich danach einen neuen »Bubenstreich« festzustellen.

Schließlich änderte er die Taktik: Er begann sein Arbeitszimmer von außen zu beobachten, das heißt vom daneben befindlichen Schlafzimmer aus. Stundenlang hockte er auf dem Stuhl und blickte durchs Schlüsselloch. Das Resultat war gleich Null: Er konnte nichts Verdächtiges wahrnehmen. Man stellte ihn gleichsam stets vor vollendete Tatsachen und ließ nicht zu, daß er den Hergang des »Schabernacks« beobachtete.

Da versuchte er es auf andere Weise. Er beschloß, den Tunichtgut unversehens zu überraschen. Mehrmals am Tage zu unterschiedlichen Zeiten stürzte er ins Arbeitszimmer und umfaßte alles mit prüfendem Blick. Doch auch diese Taktik führte zu nichts. Niemals traf er im Zimmer irgend jemanden an. Die in den Ecken herumliegenden Dinge lagen dort wie gewöhnlich herum, und die Notizzettel und Manuskripte waren wie stets liederlich auf dem Schreibtisch verteilt.

Eines Tages, als er, nach langer Lektüre müde geworden, für ein paar Stunden eingeschlafen war, schien ihm, nebenan ginge jemand auf und ab. Er sprang aus dem Bett und stürzte mit brennender Kerze ins Arbeitszimmer.

Niemand war da. Zu seinen Füßen krochen nur die schwarzen, mißgestalteten Schatten der Gegenstände. Doch als er zufällig in den Spiegel blickte, neigte sich ihm aus der gläsernen Tiefe ein Gesicht entgegen: die breiten, sinnlichen Lippen bewegten sich in schmatzender Kaubewegung, das aufgedunsene, blutunterlaufene linke Auge war eingekniffen in diabolischer Häme, vom rabenschwarzen Schopf bis zum herabhängenden Bärtchen lief ein unentwegtes nervöses Zucken.

»Das ist er! Das ist er!« schrie etwas in ihm auf und weckte das schlafende Bewußtsein.

»Du bist das! Du bist das!« parierte eine zweite Stimme.

Die Kerze fiel aus seinen zitternden Händen auf den Fußboden und verlöschte. In völliger Finsternis, von Furcht gepeitscht, stürzte er zur Tür, schlug sie hinter sich zu, zog sich tastend an und ging in die Stadt . . .

Als er gegen Morgen nach Haus zurückkehrte, studierte er lange seine Gestalt in dem großen Standspiegel im Salon. Die Prüfung schien düstere Ergebnisse zu zeitigen, denn traurig und finsteren Blicks hängte er über alle Spiegel im Haus graue Leinentücher. Am Nachmittag rasierte er sich mit geschlossenen Augen. An diesem Abend sprach er mit dem alten Józef zum letztenmal unter vier Augen. Aus dem Verhalten des Dieners folgerte er, daß es höchste Zeit war, nur noch durch die Tür vom anderen Zimmer aus mit ihm zu verhandeln. Der Alte hatte ihn nämlich besorgt und forschend angeblickt, und es war ersichtlich, daß er sehr hatte an sich halten müssen, um nicht eine Bemerkung fallenzulassen. Schließlich hatte der innere Drang die Oberhand gewonnen, denn nach Beendigung der Unterhaltung äußerte er nach dem Gutenachtwunsch wie beiläufig die Vermutung: »Der gnädige Herr werden sicher bald verreisen?«

Pomian war verblüfft und sah ihn fragend an.

»Und warum sollte ich? Woher diese Neuigkeit?«

Der Diener senkte verwirrt den Blick und murmelte undeutlich: »Ich hatte den Eindruck, daß ... als ob ... daß es jetzt wieder an der Zeit wäre ... So wie es in den letzten Jahren schon etliche Male ... Denn, um die Wahrheit zu sagen, sind der gnädige Herr jetzt schon wieder leicht verändert ...«

»Scher dich zum Teufel!« brüllte Pomian und schnellte vom Sessel auf. »Wer heißt dich, die Nase in Dinge zu stecken, die dich nichts angehen? Hüte deine Zunge, wenn du nicht willst, daß ich dich für immer an die Luft setze!«

Józef zog sich in höchster Verlegenheit schweigend in sein Zimmer zurück.

Seitdem sprachen sie miteinander nur durch die geschlossene Tür. Überhaupt wurde Pomian seit jenem Abend für die Welt unsichtbar; er ging nicht aus dem Haus, höchstens am späten Abend, empfing auch niemanden und isolierte sich völlig von seiner Umwelt.

Die Bemerkung des Dieners hatte ihn tief getroffen. Er begriff, daß er sich den veränderten Bedingungen seines Äußeren anpassen mußte. Gleichzeitig begann er auch innere Veränderungen zur Kenntnis zu nehmen. Seit geraumer Weile beobachtete er an sich eine fast völlige Gleichgültigkeit Dingen gegenüber, die ihn bis dahin sehr beschäftigt hatten. Die Richtung seiner geistigen Interessen änderte sich diametral. Materielle Genußsucht verdrängte die früheren Ideale: Er begann die Welt mit den Augen eines mit dem Stand der Dinge zufriedenen Deterministen zu betrachten, ihm imponierten jetzt der kräftige Gebrauch der Ellbogen, Cleverneß und Brutalität. Er spürte, wie er sich allmählich in ein boshaftes, hinterhältiges Individuum verwandelte, wie in ihm Instinkte einer vor nichts zurückschreckenden menschlichen Bestie erwachten.

Vorerst war er sich dieser rätselhaften Wandlungen durchaus noch bewußt – doch es konnte die Stunde kommen, in der der Rest dieses Bewußtseins sich verwischte und verlöschte. Und was dann? ...

Pomian spürte diesen Moment voraus und bebte beim bloßen Gedanken daran. Was sollte er dann tun? Wie sich in einem solchen Falle verhalten?

Diese Fragen quälten ihn unaussprechlich und drängten ihm, ohne daß er es wollte, als Antwort den behutsam vorgetragenen Rat des alten Kammerdieners auf: Verreisen! So weit wie möglich weg von hier! Je eher, desto besser!

Und er wäre sicherlich dem Ruf gefolgt, ohne auf das weitere Fortschreiten seiner Verwandlung zu warten, wäre nicht ein seltsamer Vorfall eingetreten, ein wunderbares, schönes Erlebnis, das ihn für eine Weile von der Ausführung seines Vorhabens abhielt ...

Veronika

Vom Fenster aus nahm er Abschied von der vertrauten Stadt. In einer Stunde würde ihn der »Orient-Expreß« in ferne Länder tragen, zu unbekannten Abenteuern, ungeahnten Eindrücken. Auf dem Stuhl wartete der prall gefüllte Reisekoffer, im Zimmer nebenan wurde der geliebte Windhund unruhig, als wittere er Abreise und Ortswechsel.

Pomian zündete langsam eine Zigarre an, gab sich der Melancholie des Abschieds hin, blickte hinunter auf das vielfarbige Panorama des Spätnachmittags. Die Stadt versank in den Fluten des Sonnenuntergangs. Über dem Gewirr von Dächern, Kuppeln, Türmen, über den Giebeln der Wohnhäuser und Amtsgebäude flammten im Glanz der scheidenden Sonne die Spitzen der Türme, ragten mit segnender Gebärde die Kreuze auf den Kirchen. Die grauen Straßenzeilen, da und dort besprenkelt mit Menschenpunkten, die Ameisen glichen, waren ein vielfältig zerschnittenes Geflecht, wanden sich in schlängelnden Linien um die Häuser, krochen zwischen den Gebäuden wie lange, träge Bandwürmer. In der Luft hing reglos eine schwere blaugraue Dunstwolke, gesättigt vom Rauch der Fabrikschlote, der Nebel und Dämpfe des Flusses. Auf der Südseite der Stadt, auf dem Aussichtsturm des Observatoriums, jagte jemand eine Rakete in das klare Türkisblau des Himmels. Feurige Geschosse, mit gewaltigem Gasknall in den Raum geschnellt, flogen weit, weit weg, den Wolken entgegen, erreichten den Zenit und zerbarsten mit Zischen, weit um sich einen Regen von Sternen und Funken versprühend, der lautlos in gekrümmter Linie zur Erde sank. Nach einer Weile ertönte Glockengeläut: Von den Kirchtürmen strömten auf klingenden Schwingen die Sendboten der guten, abendlichen Botschaft. Ave Maria! ...

Plötzlich berührte eine Hand schüchtern seinen Arm. Pomian erschrak und drehte sich um ...

War das eine Vision, die Verkörperung langjähriger Sehnsucht? Die Madonna in einer Stunde unermeßlicher Gnade herabgestiegen vom Himmel in die Zelle des Einsiedlers? War es ein Traum, durch die Kraft der sehnsuchtsvollen Seele für einen Augenblick Wirklichkeit geworden, für einen kurzen, unwiederholbaren Augenblick?

Umrahmt von der gestärkten Haube, das alabasterweiße, wie aus einem Onyx gemeißelte Antlitz einer bildhübschen Nonne. Veilchenblaue Augen voll unaussprechlicher Anmut und Nachdenklichkeit, Augen, die in goldenem Glanz des Opal schimmerten und deren Blick sich irgendwo im Raum verlor. Die leicht geöffneten Lippen von einem rätselhaften Lächeln umspielt: Die Trauer einer wehmütigen Rose? Oder Ironie? ...

Pomian verneigte sich tief.

»*Virgo immaculata!*« Unwillkürlich, wie unter einem geheimnisvollen Zwang, flüsterten seine Lippen den Ehrengruß.

Er hatte Angst, sich zu rühren, die Stimme zu heben, um das zauberhafte Bild nicht zu verscheuchen.

»Sei mir gegrüßt im Namen des Herrn!« vernahm er den Gruß, der aus einer überirdischen Sphäre zu kommen schien. »Möge die Gnade Christi über dein Haus kommen, das von Trauer heimgesucht ist, und die Finsternis der Sünde, die verräterisch in ihm verborgen ist, vertreiben.«

Sie löste den Blick von jenem unbestimmten Punkt im Raum und wandte ihre Augen ihm zu. Er ertrug die Kraft dieses Blickes nicht, geblendet von ihrer Schönheit, senkte er den Kopf. Er fühlte, wie grenzenlose Freude sein Herz zu zersprengen drohte; übermenschliches Glück weitete seine wogende Brust, in anbetender Verzückung verschwamm sein Blick, er taumelte und stützte sich an der Wand, um nicht vor ihre Füße zu fallen.

»O Schwester, wundersame Schwester!«

Aus den Falten des Ordensgewandes schob sich ihm eine schmale, feingliedrige Hand entgegen. Er kniete nieder, drückte diese Hand an die Lippen und küßte sie mit Hingabe. Er war berauscht; alles schien so unwirklich, so außergewöhnlich wie in einem Märchen. Er glaubte zu schlafen und zu träumen, doch die lebendige, von jungem Blut pulsierende Wärme dieser Hand, die er unter seinem Mund spürte, sagte ihm, daß die Nonne beglückende Wirklichkeit war.

Sie zog ihn mit einer Handbewegung zu sich hoch. Die Hände ineinander verschlungen, schauten sie sich schweigend an. Das Entzücken lähmte die Worte, brach die Stimme. Er hörte das Klopfen seines eigenen Herzens, er sah, wie sich ihre Brüste unter dem Ordenskleid hoben und senkten. In ihren Augen funkelten und verlöschten azurblaue Lichter, auf den wie aus Marmor gemeißelten Wangen erglühten ein ums andere Mal Feuer, um alsbald einer froststarren erschreckenden Blässe Platz zu machen. Sie verwandelte sich immer wieder wie in einem tödlichen Fieber.

Stunden vergingen, in der Naht der Zeit fügte sich ein unwiederholbarer Stich an den anderen, die Augenblicke versanken in den Abgrund – sie aber standen vor dem Erkerfenster, ruhig, schweigend, die Blicke ineinander versenkt... Irgendwann in der Nacht lösten sich ihre Finger. Die schlanke, einer

Grabstele gleichende Gestalt begann sich wie ein Traumgebilde zu entfernen, das vor dem herannahenden Morgen entweicht. Er hielt sie nicht zurück – streckte nur in Sehnsucht die Arme aus, und seine Augen baten um Wiederkehr. Am Ende des Korridors drehte sie sich noch einmal um und hob die Hand wie zum Segen ... Er neigte den Kopf vor diesem Zeichen der Gnade, und als er ihn nach einer Weile wieder hob, war sie verschwunden ...

Der Himmel erschauerte unter den ersten Schimmern der Morgenröte.

Sie erschien gewöhnlich zur Abendstunde. Wenn die Welt erschöpft von der Mühsal des Tages sich auf die Ruhe der Dämmerung vorbereitete und die von der Wanderschaft ermattete Sonne ihre Scheibe schon halb unter den Erdball geschoben hatte, kam sie auf ihn zugeschwebt mit geflüstertem Gruß.

Sein Haus verwandelte sich in dieser Zeit in eine Kapelle, deren Selige und Heilige sie war. Am Ende des mit bunten Glasfenstern ausgestatteten Korridors stand ihr Altar. Tag für Tag zu nachmittäglicher Stunde, wenn die Glocken von den Türmen die uralte Melodie der Verkündigung schlugen, erblühten auf der Altarplatte die Lichter der Kerzen und Kandelaber, perlten im Schimmer der flackernden Flammen die Tautränen in den Kelchen der Lilien, Narzissen und Tulpen, deren Stengel, von sorgsamer Hand mit frischem Wasser versehen, sich in mystischem Grübeln über den Hostienschrein neigten. In bronzenen Amphoren brannten leise Weihrauch und Myrrhe und knäuelten hinaus als grauweißer Faserflor, der das Podest aus Jaspis neben dem Altar spiralenförmig umwand. Der leicht gewölbte, kahle Sockel wartete voller Sehnsucht.

Unter dem leisen Wispern des verglimmenden

Duftwerks, unter den süßlichen Schwaden der brennenden Lichte und Paschalkerzen erschien auf dem mit Duft- und Rauchschleiern umwobenen Sockel Schwester Veronika. Reglos, mit leicht zur Seite geneigtem Kopf, wie zum Zeichen, daß sie sich der Fügung des Himmels beugte, die Hände über der Brust gekreuzt, war sie das Bild einer demutsvollen Magd des Herrn. Ihre gesenkten Lider verbargen das strahlende Saphirblau der Augen und warfen die Schatten der langen seidigen Wimpern auf die Wangen. Um ihre Lippen träumte ein Lächeln . . .

Pomian betrat die Stufe zum Podest, kniete nieder und umschlang ihre Füße. Seinem Munde entströmten Worte der Vergötterung, leises Beteuern, leidenschaftliches Anrufen. Und als seine Anbetung, bis zur Glut entfacht, Blüten der Ekstase trieb, kam Leben in die Statue. Die schamhaft gesenkten Lider hoben sich, die Augen sprühten rätselhaftes Feuer, und die über der Brust gekreuzten Arme senkten sich wie zwei Lilien auf das Haupt des Knienden . . .

Auf seinen Arm gestützt, stieg sie danach hinab vor das bunte Glasfenster, das blaßblaues Licht in die Kapelle filterte. Hand in Hand wie Kinder setzten sie sich in das hohe enge Gestühl aus dunklem Mahagoni. Als ihre Augen sich am Anblick des anderen sattgetrunken und ihre Seelen sich von neuem umarmt hatten, öffnete Veronika, an ein als schwarze Lilie geschnitztes Lesepult tretend, ein altes, vergilbtes Buch. In der Stille und Abgeschiedenheit der Kapelle raschelten zunächst nur die Seiten des Folianten, von schmaler, durchgeistigter, fast durchsichtiger Hand umgeblättert, doch nach einer Weile ertönte ihre zarte, melodische Stimme: Veronika las – mittelalterliche, mystische Traktate, voll tiefer Gedanken und kindlicher Naivität zugleich, Fragmente eindringlicher, einfühlsamer, subtiler theosophischer Dispute und wundersamer Heiligenlegenden. Es flossen Sätze, einfach und inhaltsvoll wie Weinbeeren zur Erntezeit, Symbole, schillernd wie Opal, in anmutiger Rede, Worte so rein wie schneeweiße Lilien ...

Gebete von Asketen, Bußpsalmen öffentlicher Sünderinnen, Antiphone düsterer Einsiedler ... Aus Klausen in der Wildnis, aus rauhen Katakomben verklungener Jahrhunderte wehten Litaneien gemarterter Seelen her, Klagen und Schluchzen sich geißelnder Büßer. Blut rann von den Schlägen der Selbstkasteiung, die Stigmata öffneten sich, Eiter quoll in den blaugrauen Wundmalen der Nägel. Und auf diese Schwären, auf dieses brennend rote Blut tropften die Zeichen der göttlichen Verheißungen wie linderndes Öl ...

Doch allmählich, kaum faßbar, kaum wahrnehmbar, wandelten sich Farben und Töne. An der schwankenden Grenze der Ekstase von Sinnen und Seele öffneten sich die Kelche neuer, seltsamer Blüten. Veronikas stolze, verführerische Lippen verkündeten eines Tages mit der Stimme der heiligen Teresia:

»Vor'm Leben füllt mich Furcht, nicht vor dem
Tode,
denn so lichte Welten seh ich dort vor mir,
daß mir die ird'sche hier als Jammertal erscheint,
und es mein Tod nur ist, daß ich noch lebe ...«

Die mystische Glut der Poesie jener engelsgleichen, in den Leib des Gekreuzigten verliebten Jungfrau, die in ihrer Liebesekstase mit der Liebe Marias von Magdala wetteifern wollte, färbte die Wangen der deklamierenden Nonne mit matter Morgenröte. Veronika durchlebte mit ihrem ganzen Wesen die Herzensqualen der Heiligen:

»Maßlos ist mein Verlangen und ohne Grenzen
meine Liebe,
doch was helfen Verlangen und Liebe?
Was, daß ich verwandelt bin in ein einziges Sehnen?
Kann ich doch deinen Willen nicht wandeln,
dir nicht befehlen, daß du herabsteigst, zu lindern
die Qualen der Magd?«

Doch wenn du stirbst, will mir beständig es so
scheinen,
daß ich jene bin aus Magdala, die heilige, hehre,
die stöhnend
am Kreuze kniet, die dich geliebt hat.

Nein, größer war ihre Liebe nicht als meine,
gleichwohl sie groß war und ich klein,
und sie dir diente mit mehr Werken,
doch größer war die Liebe nicht als meine.
Was soll geschehen, Herr und Gott?
Wie soll ein Urteil Salomons hier teilen
die eine Liebe zweier Schöße?
Zwei gleiche solcher Lieben gibt es nicht,
und sie hat dich nicht mehr geliebt als ich.«

Auf Veronikas kühle weiße Marmorstirn traten Schweißtröpfen, in den Augen flackerte Leidenschaft. Plötzlich begann sie zu wanken, und dann fiel sie bewußtlos zu Füßen des Altars nieder . . .

Am nächsten Tag las sie aus den »Visiones ancillae Domini«, aus dem seltsamen, halb irren, satanischen Werk einer unbekannten Nonne des XIV. Jahrhunderts, die angesichts der Höllenqualen, zu denen Luzifer verdammt war, sich ihm aus Mitleid mit Leib und Seele hingab. Danach waren die ekstatischen, von tropischer Schwüle glühenden Verse des Priesters Antoni Szandlerowski an der Reihe:

»Königin mein, verliebt in die Stille,
schwebst mit dem Regenbogen deiner Arme im All,
und deine Seele zerfließt wie Strahlen im Meer.
Dein Leib schimmert licht durch das Gewand einer
Nonne.
Mit dem Kranz deiner sehnsuchtsvollen Gedanken
schmückst du flüchtige Wolken,
und vor dem Weiß deiner göttlichen Brüste verblaßt
das Licht der Sonne.
Bis endlich Wolken schneeiger Blüten herabfallen
auf deinen Leib
und über ihn sich die Sonne ergießt in verebben-
den Wellen ...
Königin, mein, die du träumst von Thron und von
Krone,
von deinem Lager aus Blumen und Gras ...
träumst von der duftenden, sonnigen Lichtung der
Liebe,
umhüllt ist dein jungfräulicher Leib von Heiligkeit.
Leise, Königin, leise ... Siehst du, ich komme zu
dir ...
Komme mit der ewigen Sehnsucht meiner traurigen
Seele.
Leise, Königin, leise ... reich mir die Hände ...
Die Sonne auf deiner Brust erlischt, und meine
Blume an deiner Schläfe zerfällt ...

»Dein Leib, dem blühenden Kelch einer Lilie
gleich,
die Brüste rund, duftend und weiß,
die Lippen betörend in der Kraft ihrer Ohnmacht
und die Augen glühend wie lodernde Hütten ...«

In diesem Augenblick verstummte Veronika, griff nach Pomians Hand und hielt sie an ihre leidenschaftlich geweiteten Nasenflügel.

»Wie süß duftet deine Hand . . .«, flüsterte sie in Ekstase.

Ein Schauer der Wollust und Angst zugleich überlief ihn. Unwillkürlich wich er zurück und entriß ihr die Hand.

»Das ist nur eine Täuschung, Veronika, nur eine Täuschung«, erklärte er sanft, seine Erregung beherrschend. »Laß es gut sein mit den Gedichten, Schwester! Diese Poesie wirkt wie Gift auf dich.«

»Vielleicht hast du recht«, antwortete sie mit verlöschender Stimme. »Vielleicht hast du recht . . .«

Doch seit dieser denkwürdigen Szene erfuhr ihr Verhältnis eine Wandlung. Mit einem unaussprechlichen Gefühl des Glücks, aber auch der Sorge, sah er, daß sich die mystische Ekstase der Nonne immer deutlicher seiner Person als Gegenstand der Bewunderung und Anbetung zuwandte: Gleichzeitig nahm der Charakter der Adoration immer irdischere Züge an. Die Erhebungen der Seele, die in himmelblauen Sphären schwebte, verwandelten sich allmählich in blutrot schwelenden Brand. Immer länger hielt sie seine Hände in den ihren, immer drängender lag ihr schmachtender Blick auf ihm; ein langanhaltender, krampfartiger Schauer schüttelte ihren jungfräulichen Leib, auf ihrem Gesicht flackerte ein leidenschaftliches Feuer. Die wahnbesessene Nonne strebte ihm mit ihrem ganzen wunderbaren, wenngleich gotteslästerlichen Wesen entgegen.

Pomian wurde angst vor dieser Leidenschaft. Er wollte die Grenzen nicht überschreiten, wollte diesem herrlichen Erlebnis nicht den Zauber des Durchgeistigten nehmen. Er wollte nicht oder hatte einfach Angst davor. Wer weiß . . . Vielleicht vernahm er ein Echo aus seiner frommen Kindheit voller Glauben und religiösen Kults? Vielleicht hatte er Angst, weil er nicht die eigenen heiligen Ideale schänden wollte?

Und seltsamerweise war während seines »mystischen Abenteuers«, wie er dieses ungewöhnliche Liebeserlebnis nannte, der Prozeß seiner Verwandlung irgendwie zum Stillstand gekommen, die in seiner Seele erwachende menschliche Bestie, deren widerwärtiger Atem bereits sein Gesicht angehaucht hatte, war geduckt in den verborgensten Winkel gekrochen. Ob für lange? Er wußte es nicht.

Indessen schien Veronikas Verhalten nur darauf hinzuwirken, ihn von hier wegzulocken; die dämonische Nonne, die das in ihm verborgene Tier zu spüren schien, reizte es immer übermächtiger mit dem Zauber ihrer Jungfräulichkeit.

Eines Abends kam sie eher als gewöhnlich und diesmal direkt in sein Arbeitszimmer, so als wollte sie die Gebetsphase vermeiden. Pomian bemerkte zunächst nichts von ihrer Anwesenheit im Zimmer. In Gedanken versunken, blickte er durchs Fenster in die Ferne. Unwillkürlich überfluteten ihn in dieser Stunde viele Erinnerungen aus den Jahren der Kindheit. Vor dem inneren Auge zogen beharrlich idyllische, unschuldige Bilder vorbei, entwickelten sich in besonders leuchtenden Farben Visionen der Vergangenheit ... Da sah er sich im hellen, festlichen Knabenanzug im Garten vor einem alten, stark verästelten Birnbaum. Gregor, der Gärtner, verborgen im Dickicht des Blätterwaldes, rüttelte mit einem Stock die Früchte herunter. Die Birnen dufteten, waren reif und saftig. Er, der kleine Tadzik, stopfte sich heimlich die Taschen voll ... Und dann der Fluß an einem Dorfe am Bergrand. Ferien. Julihitze. An der Furt tränkten Viehhirten ihre Pferde. Tadzik ging ins Wasser. Ein kalter Schauer durchrieselte ihn, der nach einigen kraftvollen Schwimmbewegungen verging. Das silbrige Element zitterte in einer Unzahl von Fältchen, die ins Unendliche glitten. Er legte sich mit dem Rücken aufs

Wasser, blickte auf die Wellen und sann über ihr Schicksal nach ... Das Kinderzimmer – ein großer, lichtdurchfluteter Raum, die Stühle und Tische im Kreis aufgestellt. Das Pferdchenspiel ...

Die von Erinnerungen trunkenen Augen erblickten plötzlich an der Tür die hohe dunkle Gestalt der Ordensschwester. Veronika sah ihn in diesem Augenblick nicht an. Ihr Blick irrte durch das Arbeitszimmer, wanderte von einer Stelle zur anderen. Endlich blieb er auf ihm haften.

»Was für ein reizender Knabe!« sagte sie lachend.

Überrascht stand er auf, schüttelte den Rest der Traumbilder ab.

»Von wem spricht du, Schwester?«

»Von dem hübschen blauäugigen Jungen, der vor einer Weile, als ich das Zimmer betrat, hier Pferdchen spielte.«

»Ein Junge, hier?«

»Freilich hier. Hier auf diesen Stühlen. Er saß rittlings darauf wie auf einem Pferd und sprang von einem Stuhl auf den anderen. Danach lief er durch diese Tür hinaus. Wer war das? Vielleicht dein jüngeres Brüderchen? Er war dir ungemein ähnlich. So mußt du ausgesehen haben, als du acht Jahre alt warst!!«

Sie streckte die Arme nach ihm aus.

»Ich bin heute eher als sonst gekommen, denn ich wollte dich in deinem Zimmer besuchen. Meine Rolle in der Kapelle war mir schon über«, gestand sie mit liebreizendem Lächeln und legte beide Hände auf seine Schultern. »Heute möcht ich nur Veronika sein, deine Veronika. Vergiß eine Weile die Schwester und Magd Gottes!«

Mit raschen, unmerklichen Bewegungen öffnete sie das Nonnengewand.

»Küß mich!« flüsterte sie und sah ihn verführerisch mit den wunderschönen Augen an. »Küß mich, hier!«

Und sie bot ihm ihre weißen, festen Brüste dar.

Das Blut schoß ihm in den Kopf. Der Wahn des Begehrens schäumte in seinen Adern auf. Er beugte sich dem Wunder ihres Körpers entgegen und atmete in vollen Zügen den jungfräulichen Duft. Doch da stieß ihn ein Widerstand, hart wie Stahl, mit eiserner Hand von ihr weg.

»Nein, nein! Das darf nicht sein!« rief er, mit übermenschlicher Kraft sich zurückhaltend. »Nein, nein! Ich will nicht! Ich darf nicht! . . .«

Und er verhüllte die vom Anblick ihres weißen Leibes toll gewordenen Augen mit der Hand und stürzte aus dem Zimmer hinaus auf den Korridor. An einer der Türen in der unteren Etage packte ihn jemand kräftig am Kragen.

»Jetzt hab ich dich, du Galgenstrick! Was suchst du hier im Dunkeln?«

Er erkannte Józefs Stimme. Der Diener leuchtete ihm mit der Taschenlampe ins Gesicht.

»Warum schleichst du dich im Dunkeln hier ins Haus, du Früchtchen?!« fragte er und sah ihn aufmerksam an. »Ich laß dich gleich aufs nächste Revier bringen! He! Wache!«

»Józef«, entrang es sich schließlich Pomians wie zugeschnürter Kehle. »Józef! Bist du total von Sinnen? Ich bin's doch! Laß mich los, alter Esel!«

Die Hand des Dieners fiel sofort herab. An der Stimme hatte er den Herrn schließlich erkannt.

»Oh, das sind Sie?! Das sind tatsächlich Sie, gnädiger Herr! Ich hätt Sie nicht erkannt . . . nicht erkannt. Wäre es nicht dieselbe Stimme . . .«

Mit verblüfftem Blick musterte er sein Gesicht, das er seit zwei Monaten nicht mehr gesehen hatte. Plötzlich warf er sich ihm laut schluchzend zu Füßen. »Großer Gott, was ist mit Ihnen geschehen?! Grundgütiger Vater, was hat man mit Ihnen gemacht?!«

Da wurde Pomian von plötzlichem Zorn übermannt. »Steh auf, Dummkopf, und laß mich los! Hast du gehört!? Für morgen Koffer packen und Reiseproviant richten! Hast du verstanden?! Jetzt aber Schluß mit der dummen Komödie!«

Er schob den Alten unwirsch beiseite und ging rasch in die Stadt.

Am nächsten Tag in aller Frühe stieg Pomian in den »Orient-Expreß«, der ihn in die Länder des Fernen Ostens führte.

Pawełek

Eines Tages, zwei Wochen nach Pomians Abreise, beobachteten die Bewohner der Kathedralstraße zu früher Morgenstunde, daß die seit fünf Jahren heruntergelassenen Jalousien des Eckhauses Nr. 18 unversehens hochgezogen wurden. Über der Eingangstür zwischen den Kapitellen zweier spiralförmig gewundener Pfeiler tauchte in silbernen Lettern auf schwarzem Untergrund die Aufschrift »Devotionalien« auf, ein paar Zoll darunter die Erläuterung: »Hauptdepot und Werkstatt für liturgische Ausstattungen und kirchliche Artikel aller Art der Firma Paweł Kuternóżka«.

Der erste, dem die Eröffnung des Kirchenbedarfsladens auffiel, war der Küster der Pfarrei, Herr Piotr Pieniążek, ein weißhaariger achtzigjähriger Greis mit dunkelblauer Brille auf der langen, krummen Sperbernase. Der rechtschaffene Kirchendiener war gerade am Turm der Pfarrkirche angelangt und sah mit nach hinten geneigtem Kopf auf eine Schar Schwalben, die in nervösem Flug die oberste Kuppel umsegelten. Als er die müde gewordenen Augen senkte, traf sein Blick die ungewohnte Aufschrift, und er gewahrte in einem der Schaufenster im Glanz der Morgensonne funkelnde goldene Monstranzen, Kelche und Ziborien.

Oho, dachte er, als er höchst interessiert die Auslagen betrachtete. Ganz was Neues. Ei, ei! Was für feine Fabrikate! Und obendrein, wie man versichert, eigene Produkte. Hm, hm, hm, da werden sich aber unsere Herren Pfarrer freuen. Aber daß mir auch keiner der Herren vorher ein Sterbenswörtchen verraten hat. Tja, offenbar haben sie selber bis zum letzten Augenblick nichts davon gewußt. Wirklich, eine Überraschung...

Nachdenklich, mit gesenktem Kopf stieg er den Turm empor zu seinen geliebten Glocken.

Und tatsächlich war die Eröffnung der Devotionalienhandlung im Parterre des Hauses Kathedralstraße Ecke Mönchsgasse für die Geistlichkeit eine Überraschung. Die Kunde vom plötzlichen Auftauchen der neuen Firma wirkte auf alle seltsam erregend; von Anfang an sprach man, ohne zu wissen warum, von diesem eigentlich nichtigen Fakt außerordentlich interessiert. Höchstwahrscheinlich trug dazu in bedeutendem Maße das Lokal selbst bei, in dem der Laden eröffnet wurde – ein großes, sechsräumiges Geschäft mit riesigen, fast bis zum ersten Stock reichenden Schaufenstern und einem wunderbaren, verglasten Erker, vis-à-vis vom Turm der Pfarrkirche. Standen doch diese Räumlichkeiten schon seit Jahren in zweifelhaftem Ruch. Fast alle Nachbarn waren der Ansicht, daß es im Haus an der Ecke Kathedralstraße und Mönchsgasse nicht mit rechten Dingen zuginge. Daher, so hieß es, hätte sich auch der letzte Mieter, ein gewisser Rakliński, ein tüchtiger Buchhändler, genötigt gesehen, seine Bücher zusammenzupacken und damit in die Schloßstraße zu ziehen. Seit damals waren die ungastlichen Räume ungenutzt geblieben, verbarrikadiert von heruntergelassenen und mit Vorhängeschlössern versehenen Jalousien. Paweł Kuternóżka war der erste Wagemutige, der nach fünf Jahren in das von Spuk und nächtlichen Poltergeistern heimgesuchte verrufene Haus eindrang, um es für längere Zeit zu bewohnen. Kein Wunder also, daß alsbald Scharen von Betschwestern und Frömmlern sowie Neugierige aus der Umgebung das Geschäft belagerten und gebannt und ungläubig durch die Schaufenster blickten.

Dahinter herrschte indes emsiges Treiben. Der Inhaber wollte ganz offensichtlich das Geschäft so schnell wie möglich zum Empfang der ersten Kunden rüsten, was seiner fieberhaften Eile, den hektischen Bewegungen und Anweisungen, die er den beiden hübschen Lehrlingen in schrillem Ton erteilte, zu entnehmen war.

Er war eine groteske Erscheinung, dieser Herr Kuternóżka. Von mittlerem Wuchs, bucklig und schief, mit zerzaustem schwarzem Haarschopf und hängendem Schnurrbart, in einem langen faulgrünen Laborkittel humpelte er schnellen, aber schwerfälligen Schrittes durch die Räume, das eine, offenbar kürzere und lahme Bein nachziehend. Das olivgraue, von tiefen Runzeln zerfurchte Gesicht durchzuckte von Zeit zu Zeit ein nervöser Tic in der Gegend des linken Auges, das ständig in höhnisch-spöttischer Gutmütigkeit zwinkerte. Eben dieser Tic gab seiner Physiognomie einen Ausdruck von Boshaftigkeit, offenbar durch die Kraft eines starken Willens gezügelt, der den ganzen merkwürdigen Menschen zu beherrschen schien.

Herr Kuternóżka war vorzüglicher Laune. Ein anhaltendes Lächeln der Zufriedenheit lag auf seinen wülstigen, feuchten, sinnlichen Lippen. Wie ein Weberschiffchen flitzte er pausenlos hin und her zwischen Ladentisch und Kontor und Nebengelassen rechts und links vom Geschäftsraum. Dazu summte er im höchsten Falsett eine undefinierbare Melodie. Nur ein empfindsames Ohr hätte – und das auch erst nach gewisser Zeit – zwei gegensätzliche Motive herausgehört: ein frivoles, lustiges, unbekümmertes und ein düsteres, getragenes. Kuternóżkas Lied hätte zu der Stimmung bei einem Leichenschmaus gepaßt.

»He, Jungs«, rief er, seine Arie unterbrechend.

»Vorsicht bei diesem Heiligenbild! Paß auf, Grzesiek! Faß richtig an, zum Teufel nochmal! Ihr werdet den Engeln noch die Flügel abbrechen, ihr Tolpatsche! Sie sind mit echtem Gold vergoldet, Grobiane! Vorsicht, Piotruś! Rück das Bild vom Prozessionskreuz weg! Mehr nach rechts, sonst zerkratzt es das Gesicht der Madonna noch. Ja so, so ist's gut. Die Figuren des heiligen Antonius von Padua und des heiligen Franziskus hier an beiden Seiten aufstellen. Jawohl. So zieren sie die Seitenwände. Großartig. Nun dalli, weiter! Her mit der Statue der heiligen Veronika aus Lindenholz! Mitsamt dem Postament und den Stangen zum Tragen für die Prozession. Alles dort oben rauf aufs Regal! Obacht, Pietrek! Du wirst ihr noch das Schweißtuch aus der Hand reißen! So ein schönes Spitzentuch. Die Schnitzerei hat mich eine Menge Geld gekostet, du Nichtsnutz! Was ist sie denn wert ohne Tuch! *Diavolo maledetto del Christo!*« fluchte er leise und betrachtete das Werk. »So, jetzt nichts mehr verrücken, nichts mehr verschieben, sonst stürzt uns alles noch herunter!«

Endlich waren die Figuren aufgestellt. Die Burschen stiegen keuchend, mit vor Erregung zitternden Händen von den Leitern.

»Und hier«, ertönte von neuem das Kommando des unermüdlichen Chefs, »hier als Hintergrund ›Christus im Grab‹ aus Papmaché und dahinter im Halbkreis die zwölf Apostel mit Judas Ischarioth an der Spitze. Dieser Unhold soll das Ganze anführen! Er soll vor Scham verbrennen, dieser Galgenstrick! Schnell, schnell! Ha, da ist der Lump mit der kupfernen Stirn! Dieser schiefäugige Straßenhändler mit dem Säckel in der Hand! Ja, ja! Und unter dem Säckel die Skapuliere und die Glocken von Loreto! So, nun ist das Schaufenster einigermaßen vollgestellt. Jetzt können wir zur Vervollkommnung des Ganzen und Betonung des einzelnen übergehen. Du, Grzegorz, verteilst hier unten noch ein paar Breviere und Meßbücher. Und du, Piotr, geh und hol die Psalter und Evangelien! Sie sind dort im Schrank, in der Ecke! Such auch das Gesangbuch in orangefarbenem Ledereinband mit Goldschnitt und indischem Papier und dem seidenen Lesezeichen raus und leg es hier vorn gleich an die Schaufensterscheibe! So. Und nun die *Horae diurnae,* die Agenden und Gebetbücher in der Mitte zu einem Stoß stapeln! Vergeßt auch nicht die Waffeleisen zum Backen von Oblaten und Votivherzen. Die Kassette mit den heiligen Meßgeräten hier in die Nische stellen! Dort am Sims zwei Altarschellen an den Bändern aufhängen! Hier und da wie zufällig ein paar Glaskugeln für die Christusgräber verteilen, und dort die Speisenkelche aus Glas und Kristall auf Tabletts stellen und die Schachteln für die Hostien! Gut. An diesen Ständer ein paar Rosenkränze hängen! Von jeder Sorte zwei Exemplare! Zwei aus Kokosholz, zwei aus Glas, zwei aus Elfenbein, einen aus Perlmutt, einen aus Korallen und je einen in Luxusausführung aus Granatsteinen, Amethysten und Lasurstein. Damit basta! Fenster Nr. 1 ist fertig! Tretet zurück! Ich will sehen, wie das Ganze wirkt!«

Es mußte gut auf ihn gewirkt haben, denn Herr Kuternóżka rieb sich zufrieden die Hände und nahm die Dekoration des zweiten Schaufensters in Angriff. Hier sollten Geräte aus Gold, Silber und anderem Metall ausgestellt werden. Alsbald funkelte das Ladeninnere vom Schimmer der bronzenen Büchsen für die Hostien, der vergoldeten Kustodien, der Gefäße zum Aufbewahren geweihter Hostien, der silbernen Monstranzen, der Kelche und Reliquienkästchen. Vor dem Hintergrund aus blauem Plüsch erhob sich ein Wald von Kreuzen, strahlenden Zeptern und Leuchtern. An der linken Seite der Wand erblühten in metallenen Trauben vielarmige Kandelaber, Öllampen, gewöhnliche Lampen, Leuchter und Laternen, lasteten massive, schwere Lavabos zur Handwaschung vor der Messe. Von der Decke hingen gefirnißte und vergoldete Kronleuchter, vernickelte und versilberte Weihrauchfässer sowie eloxierte Wandleuter. An der Trennwand auf der rechten Seite waren mit Messinghaltern Weihbecken, Kessel und Waschschalen befestigt. Unten lagen auf rotseidenem Futterstoff Räucherpfannen und Räucherfässer, Gefäße für das heilige Öl, Weihwedel aus Metall, Tabletts aus chinesischem Silber, Medaillons aus Aluminium, Missionskreuzchen und Amulette aus feuerfestem Asbest. Oben in der Mitte des Schaufensters brannte wie ein ergebener Wächter das rote Licht der ewigen Lampe.

Überraschend tauchte vor der Ladentür die hochragende schwarze Gestalt eines Geistlichen auf. Sein kräftiges, charaktervolles Gesicht prägte sich auf den ersten Blick fest ein. Die scharfen und düsteren Züge des Priesters verbanden in stilechtem Einklang religiösen Fanatismus mit verkappter Grausamkeit, die schwarzen, tief im Schädel sitzenden Augen glühten in unheimlichem Feuer. Gewaltig mußten die Leidenschaften gewesen sein, die einst diesen herkulischen Körper geschüttelt, und schrecklich der Kampf, den er mit ihnen auszufechten gehabt, bis er sie alle besiegt und in die Zucht seines stählernen Willens gezwungen hatte. Dieser ungewöhnliche Priester war sicher hart gegen sich selbst, aber auch hart gegen andere. Denn seine Seele war vermutlich in den Wirrnissen des inneren Ringens rauh geworden. Seine Gestalt warf die Schatten des Mittelalters, gewachsen unter den riesigen Schwingen des Satans, und atmete die Kühle gotischer Dome und langer, kalter Klostergänge ...

Kuternóżkas Gesicht wurde rot vor Freude beim

Anblick des Gastes. Glückstrahlend eilte er ihm zur Begrüßung entgegen.

»Welch unverhoffte Ehre! Welch angenehme Überraschung! Ihr ergebenster Diener, hochwürdiger Herr Prälat. Ergebenster Diener meines Wohltäters, ich begrüße Sie auf das artigste an meiner elenden Schwelle. Bitte, treten Sie näher. Nehmen Sie doch Platz, vielleicht gütigst hier in dem bequemen Sessel?«

Unter beständigen Ehrbezeugungen und Bücklingen wies er ihm ein antikes, breites Sitzmöbel, das er irgendwo aus der Ecke hervorzog.

»Gelobt sei Jesus Christus!« erwiderte der Priester lakonisch auf die Flut der Begrüßungen und bewegte sich langsamen, schweren Schrittes in das Innere des Ladens.

»In saecula saeculorum! In saecula saeculorum!« antwortete eifrig der Chef des Unternehmens. »Zur Freude des Himmels und aller Gerechten, dem Satan und seinen Dienern zum Zorne. Doch was sehe ich?« Er unterbrach seine Tirade und änderte den Ton: »Auch der ehrwürdige Herr Kanonikus machen mir seine Aufwartung? Was für ein glücklicher Tagesbeginn! Welch eine glückliche Prognose für die Zukunft! Untertänigster Diener des Herrn Kanonikus! *Humillimus servus* des gelehrten Herrn Doktor! Bitte, bitte ergebenst – hier ist ein zweiter Sessel, bitte sehr, Platz zu nehmen. Was für ein Tag! Was für ein Tag!«

Sich in Entzücken ergießend, musterte er mit flinkem, forschendem Blick den zweiten Kunden, dessen Gestalt bis dahin von der wuchtigen Figur des Prälaten verdeckt gewesen war und erst jetzt im Türrahmen sichtbar wurde.

Das Antlitz des Kanonikus bildete einen verblüffenden Kontrast zu dem Gesicht des älteren Kollegen. Sanft, von kränklicher Schönheit, mit fast weiblichen Zügen, verriet es den Idealisten und Asketen. Die nachdenklichen, lasurblauen Augen des jungen Geistlichen schienen lauschend in die Ferne gerichtet, wirklichkeitsfremd, den Dingen des Alltags abgewandt. Pfarrer Aloisius Korytowski machte den Eindruck, als wäre er ein Wesen aus einer anderen Welt, das zufällig unter die Menschen geraten war.

»Laudetur Jesus Christus!« grüßte er den sich ständig verbeugenden Kuternóżka.

»Laudetur, laudetur«, erwiderte dieser kreischend in höchstem Diskant. *»Maledicatur autem Satanas, creatura Gehennae.«*

Der Prälat Desiderius Prawiński hob die Brauen. »Du sollst den Namen des Verdammten nicht unnützlich führen!«

»Hi hi«, kicherte Kuternóżka. »Das zweite Gebot lautet aber ein wenig anders.«

»Nehmen Sie den Namen des Satans nicht zu oft in den Mund, Verehrtester!« wiederholte der Priester seine Warnung.

»Mit anderen Worten: Lock den Wolf nicht aus dem Wald«, fügte Pawełek hinzu, ohne auch nur ein bißchen verlegen zu werden. Ruhig hielt er dem strengen Blick des Pfarrers Desiderius stand.

»Womit kann ich meinen Wohltätern, den Herren Pfarrern, dienen?« fragte er nach einer Weile des Schweigens in freiem, unbekümmertem Ton.

»Das ist seltsam«, begann der bis dahin wortkarge Pfarrer Aloisius. »Herr Kuternóżka scheint uns beide seit langem zu kennen.«

»In der Tat«, bekräftigte der Prälat. »Doch woher? Was mich betrifft, so kann ich mich jedenfalls nicht erinnern, daß wir einander je im Leben auch nur ein einziges Mal begegnet wären ... Weilen Sie schon lange in unserer Stadt?«

»Seit gestern, ergebenst zu Diensten, Herr Prälat, seit gestern.«

»Um so verwunderlicher.«

Pawełek kniff spöttisch das linke Auge zu.

»Geschäftsgeheimnis«, sagte er und lächelte süßlich, »Geschäftsgeheimnis, ehrwürdige Herren Pfarrer. Der Inhaber eines Geschäftes sollte alle in der Stadt kennen, in der er sich zu etablieren gedenkt, mindestens ein halbes Jahr vorher, allergnädigste Herren Pfarrer, ein halbes Jahr vorher.«

»Das ist erstaunlich«, bemerkte plötzlich Pfarrer Desiderius, ohne den Blick von ihm zu wenden. »Das ist erstaunlich . . .«

»Was denn?« fragte Kuternóżka zuckersüß. »Was meinen Herr Prälat?«

»Ihr Gesicht erinnert mich bisweilen an einen guten Bekannten. Doch an wen, kann ich nicht ausmachen.«

»Dann ist dieser Bekannte wohl kein so ganz guter. Vielleicht irgendein Passant, den Herr Prälat auf der Straße gesehen haben?«

»Schon möglich. Im übrigen hat sich Ihr Gesichtsausdruck gerade wieder so gewandelt, daß er mich eigentlich an niemanden mehr erinnert.«

»Dem Höchsten sei Dank«, sagte Herr Pawełek erleichtert.

»Gesichter wiederholen sich mitunter«, sagte Pfarrer Aloisius nachdenklich. »Dennoch muß man die Erfindungsgabe der Mutter Natur bewundern, die bei einer solchen Vielzahl unterschiedlicher Typen nur wenige einander identische geschaffen hat.«

»Heilige Worte, Herr Doktor, selbst ein Teufel gleicht nicht dem anderen, so ist es auch bei den Menschen nicht anders.«

»Wieder sind Sie mit dem Teufel bei der Hand, mein Herr«, mahnte Pfarrer Desiderius.

»Pardon! Das ist nun mal meine widerwärtige Angewohnheit. Und das nur wegen meiner großen Abscheu, glauben Sie mir, nur aus lauter Ekel vor dem Bösen und aus Verehrung vor den seraphischen Sphären. Das ist gewißlich wahr. Aber womit kann ich den allergnädigsten Herren Pfarrern dienen?«

»Wir sind gekommen, um kirchliche Gewänder und Wäsche einzukaufen«, erklärte Pfarrer Desiderius und sah sich im Laden um. »Vorläufig kann ich aber das, was wir brauchen, hier nicht entdecken. Offenbar haben Sie sich noch nicht mit allem versehen, Herr Kuternóżka?«

»Zu Diensten, meine priesterlichen Wohltäter. Gewänder und Wäsche sind in der Tat nicht zu sehen, weil wir sie noch nicht ausgepackt haben. Doch wir sind gerade dabei, die Kisten sind schon geöffnet. Wir können nach Geschmack wählen. Bitte sich zu den Behältnissen bemühen... Pietrek, heb den Deckel hoch!«

Und er begann nacheinander seidene Ornate und Priestergewänder hervorzuholen, reich mit Gold verziert, mit Stickerei geschmückt, mit Bändern aus Seide und Moiré, gemustert, in verschiedenen Farben, goldene Dalmatiken aus echtem Brokat, Stolen aus Damast, Tuvale aus Seide und Tüll, dreigeteilte Deckchen zum Bedecken der Ziboria und Bursa für die heilige Wegzehrung.

Den Priestern flimmerte es vor den Augen vom Reichtum der Ausstattung und der Kunst der Ornamente.

»Eine schöne Auswahl«, flüsterte Pfarrer Desiderius voll Anerkennung.

»Vielleicht wollen Herr Prälat gleich probieren?« ermunterte der dienstbare Geschäftsmann. »Hier, dieses grüne Festgewand, bestickt mit goldener Brokattresse? Wie wäre es damit? Ich helfe Ihnen gleich beim Anziehen.«

Und ohne eine Antwort abzuwarten, streifte er dem

Priester den kostbaren, goldglänzenden Ornat über den Kopf.

»Großartig. Paßt wie angegossen!« rief er entzückt, das Modell von weitem musternd, nachdem er ein paar Schritte zurückgetreten war. »Bitte sehen Sie in den Spiegel, überzeugen Sie sich! Hier in dieser Ecke an der Wand.«

Das finstere Gesicht des Prälaten erstrahlte vor Zufriedenheit; der Ornat gefiel ihm tatsächlich ausnehmend gut.

»Verführer«, sagte er lächelnd und strich die Falten glatt. »Verführer . . .«

Kuternóżka kniete bereits vor der zweiten Kiste und breitete vor den Gästen Kirchenwäsche aus. Seine zarten, fast weibischen Hände griffen genüßlich nach den Pallae aus Leinen, mit Spitzen umsäumt, den gestickten Korporalen, den Purifikatorien, den Tüchern und Humeralen. Über seine langen, schmalen Finger, an denen Ringe mit Smaragden und Onyxen steckten, glitten mit leisem Geräusch blendend weiße Alben, den spezifischen Duft frischen Leinens ausströmende Altartücher, Meßhemden aus Batist, Chorhemdchen, schwarze Moirégürtel, Manschetten, Kragen und Schärpen, Krägelchen und Käppchen aus Kaschmir.

»Und auf dieser Palette«, erklärte er und trat zur nächsten Kiste, »haben wir die Umbracula zum Verhüllen der Monstranz in Rahmen aus Gold oder poliertem Holz, je nach Bedarf, Paravents mit gestickten Blumen oder Weinlaub verziert und Baldachine aus Seidendamast mit Fransen. Überdies verkaufen wir zu möglichst niedrigen und erschwinglichen Preisen Seidensamt, einfarbig oder gemustert, Brokat mit Blumenmotiven, Wolldamast sowie weinroten oder grünen Plüsch . . .«

Der Prälat hielt sich die Ohren zu vor dem Redeschwall des Geschäftsmannes.

»Genug, schon genug!« unterbrach er ihn ungeduldig. »Sie haben, Herr, meine Ohren mit Meeresrauschen gefüllt.«

»Genauso wie es der diabolische Doktor mit Kordian getan hat, nicht wahr?« erwiderte Kuternóżka, ohne beleidigt zu sein. »Herr Prälat kennen sich gut aus in Słowackis poetischen Werken? Starke literarische Reminiszenzen entnehme ich Ihrer Rede!«

Der Priester sah ihn höchst erstaunt an; offenbar war ihm gar nicht recht, daß man ihm diese Kennerschaft unterstellte.

»Macht nichts«, spottete Pawełek unbeirrt weiter. »Solche Reminiszenzen lugen mitunter für einen selbst unerwartet unter der Schwelle des Bewußtseins hervor.«

Der Priester blickte verständnisheischend zu seinem geistlichen Amtsbruder hin. Doch Pfarrer Aloisius wich diesem Blick verlegen aus, indem er die Lider tief über das klare Blau seiner nachdenklichen Augen senkte.

Die Passionszeit schritt weiter voran. Die Kruzifixe auf den Altären wurden mit schwarzem Trauerflor umhüllt, die Priester legten zur Messe violette Gewänder an, in den Gotteshäusern erklangen zur Vesperandacht Klagelieder: Die Kirche trat allmählich in die Phase düsterer Meditationen und Buße ein. An den späten Nachmittagen im März, wenn die schwache Sonne des Frühjahrs sich durch die bunten Scheiben der Kirchenfenster stahl und die Heiligenfiguren und Deckengemälde in Abschiedsglorie hüllte und die zeitige Dämmerung mit den Schatten in Ecken und Nischen verschmolz, ertönten in der Stille der kirchlichen Abgeschiedenheit unterdrücktes Flüstern, schamvolles Seufzen aus sündiger Brust, kurzes, aus der Tiefe reumütiger Seelen hervorbrechendes

Schluchzen. Von Zeit zu Zeit unterbrach das unsichtbare Geraune die ernste Stimme des Priesters, wenn er die Beichte beendete und die Absolution erteilte; dann fielen aus dem Inneren des Beichtstuhls auf die Wunden der Seele wie lindernder Balsam die Worte der Vergebung, der Stärkung und des Trostes: *»Ego te absolvo!«*

In diesem Jahr hatten die Beichtväter eine erstaunlich reiche Ernte zu verzeichnen. Eine große, seit Jahren nicht erlebte Bußwoge durchflutete die Stadt und riß die Menschen in einen Strom von Selbstanklage und Bußfertigkeit, so daß eine riesige Sturmflut von Schmerz und Reue zu den Altarstufen drängte. Pfarrer Desiderius triumphierte.

Noch nie zuvor hatte seine Stimme innerhalb der Kirchenmauern so gedröhnt, noch nie hatten seine Predigten eine solche Glut seiner flammenden Beredsamkeit verströmt wie zu jener den Bewohnern der Stadt unvergessenen Fastenzeit des Jahres 19 . . . Der Prälat übertraf sich selbst. Seine Ermahnungen, verkündet von den Kanzeln der Kathedrale, der Pfarrkirche im Stadtzentrum, in der Sankt-Teresia-Kirche, in der Abtei der Barmherzigen Brüder, zu den Andachtsstunden für Frauen in der Sankt-Barbara-Kirche und für Männer in der Heiligen-Kreuz-Kirche trugen fürwahr den Stempel echter messianischer Größe und Kraft. Ein Beben ging durch die Reihen der Gläubigen, wenn dort oben seine stattliche respektgebietende Gestalt aufragte und sich seine gewaltige, metallisch dröhnende Stimme über das Feld menschlicher Köpfe zwischen den Säulengängen und in den Querschiffen ergoß. Da war den Leuten, als sei der Geist einer der biblischen Propheten in einem begnadeten Augenblick in den Körper dieses Riesen gefahren und lasse durch seinen Mund machtvolle, den Zeiten Jehovas gemäße Worte an die Ohren der Sünder dringen. Blitze zuckten darin, Donner grollte, purpurrotes Blut quoll hervor. Die Predigten des Pfarrers Desiderius hatten die Farbe düsteren Rots. Ihr mittelalterliches Pathos ließ die Seelen erschauern und zermalmte sie zu Staub – die finstere Leidenschaft hob die schwersten Tore aus den Angeln, zerschmetterte zu reuevoller Masse die verhärtetsten, mit siebenfachen Bastionen umgebenen Herzen. Angst brach ein in die Gotteshäuser, die entsetzliche Angst vor dem Jüngsten Gericht und drückte die widerspenstigen Nacken tief zur Erde . . .

Und es fürchtete sich der treubrüchige Satansengel Luzifer beim Anblick der menschlichen Bußwilligkeit und erbebte beim Echo der Fäuste, mit denen sich die Reuemütigen an die Brust schlugen. Seit vielen, vielen Jahren hatte man ihn nicht mehr so stark angegriffen.

Inhalt der Ansprachen des großen Kanzelredners war der Kampf gegen den Verdammten und vom Antlitz des Herrn Verworfenen, ein titanischer Kampf, ein Kampf auf Leben und Tod. Ihn, der sich seit Jahrhunderten hinter den Schanzen der Wissenschaft und Aufklärung verbarg, der durch den Slogan »Fortschritt« harmlos erschien und durch das ironische Lachen des vorurteilsfreien zwanzigsten Jahrhunderts übertönt wurde, zerrte Pfarrer Desiderius aus dunklen Winkeln ans Licht des Tages, stellte ihn an den Pranger und schlug ihn mit Peitschen aus dornigem Eisen, peitschte ihn mit dem Kantschu der Wut und Empörung. Er scharrte ihn mit den Krallen düsterer Worte aus den entlegenen Winkeln der menschlichen Herzen, aus ihren durch das Gespinst der Lüge schalldicht gewordenen Schlupfwinkeln. Auf Krallen ging er, auf Klauen, auf Hufen . . .

Sein eifrigster Zuhörer war Pawełek Kuternóżka. An den Sockel der Kanzel gelehnt, in einen schwarzen, schon sehr abgewetzten Überzieher mit aufgestelltem Kragen gehüllt, schnappte er gierig nach jedem Wort des würdigen Prälaten. Mitunter geisterte um seinen sinnlichen Mund mit der wulstigen Unterlippe ein undefinierbares, halb spöttisches, halb melancholisches Lächeln. Von Zeit zu Zeit zuckte sein langer, herabhängender Bart in verhaltenem Krampf. Auf seinem olivfarbenen, von Runzeln und Falten zerfurchtem Gesicht wetterleuchtete düstere Freude, und sein linkes Auge blinzelte nervös in pausenlosen Zuckungen.

Wenn der Prälat nach dem Gottesdienst oder nach der Bußandacht die Kirche von der Sakristei aus über eine Seitentür verließ, wartete Pawełek schon auf ihn, um ihn mit tiefen Verbeugungen und vielen Lobeshymnen auf seine Predigt in die Devotionalienhandlung zu führen.

Und merkwürdigerweise lehnte der Pfarrer niemals ab. Vom magischen Einfluß dieses seltsamen Menschen gebannt, schritt er bereitwillig zu den heiligen Geschäftshallen, wo sie selbander viele abendliche Stunden bei gemeinsamer Lektüre und anschließenden Disputen verbrachten. Kuternóżka öffnete mit einem Geheimschlüssel einen großen Koffer aus Elchleder und teilte gastfreundlich den Inhalt mit dem Prälaten. Aus den Tiefen des geheimen Behältnisses wurden alte, vergilbte Bücher, Pergamentrollen und Handschriften ans abendliche Lampenlicht gebracht, mittelalterliche Abhandlungen über den Teufel und seine Praktiken, Traktate über die Arglist der Dämonen und über Dämonenkult. Vor den Augen der ungewöhnlichen Gefährten öffneten sich düstere Perspektiven längst vergangener Jahrhunderte, erleuchtet von den blutroten Flammen der Autodafés. Aus unheimlichen Kratern der Finsternis schob sich die dunkle Gestalt des Herrn der Tiefe mit zu einer

Grimasse des Lächelns verzerrtem und von schrecklichem Schmerzenskrampf zerfurchtem Gesicht. Vor ihrem staunenden Blick zogen Scharen sinnberaubter Weiber vorbei, schamlos entblößt, vom Geschlechtstrieb gegeißelt, vollzogen sie widerwärtige Begattungsakte mit dem Teufel und trafen sich zu gotteslästerlichen Zeremonien und Versammlungen.

Pfarrer Desiderius verschlang diese schreckliche Lektüre mit der Verbissenheit und dem Eifer des Fanatikers: Im Verlauf einer Woche beherrschte er die Grundlagen der dämonologischen Literatur. Pawełek schürte die Glut, goß Öl ins Feuer, indem er ab und zu eine treffende Bemerkung machte, Vermutungen suggerierte, Lücken füllte, Zweifel ausräumte. Beflissen, höflich und bescheiden, protzte er nicht mit seinem Wissen, stellte vielmehr seine unscheinbare Person in den Schatten und schob die gigantischen Konturen des Satans in den Vordergrund.

Und Pfarrer Desiderius verließ Kuternóżkas Laden, erfüllt von heiligem Zorn gegenüber dem Bösen und der Sünde, gestärkt im frommen Haß gegenüber dem Höllenfürsten und bis zum äußersten gegen ihn aufgebracht. So wurden denn seine Predigten von Mal zu Mal schonungsloser, von Mal zu Mal sausten die Peitschenhiebe seiner Worte schärfer von der Kanzel.

Dem Beispiel des Prälaten der Kathedrale folgten andere Pfarrer, besonders Mönche und Ordensmissionare, und alsbald erbebten alle Kirchen vom Echo des Donnergrollens, das von den Kanzeln auf den Verruchten herabgeschleudert wurde.

Und Pawełek, das kleine kauzige Männlein, lauschte und kicherte im stillen . . .

Bald kam die Zeit der Lese. Und tatsächlich trug der Weinberg des Herrn in jenem Jahr reiche Frucht, und die Weinstöcke bogen sich unter der Last der vollen, saftigen Reben. Zu den Beichtstühlen drängten

Scharen sündiger Frauen, um die Last der körperlichen Sünden, der wollüstigen Worte, der sinnlichen Gedanken vor dem Antlitz des Priesters niederzulegen. An die Ohren der Beichtväter drangen schreckliche, seit Jahren nicht gehörte Bekenntnisse und trieben in ihre andächtigen Gesichter die Röte der Scham und des Zorns. Hervorgelockt aus verborgenen Winkeln, herausgerufen aus stiller Ödnis, schien sich der Satan wegen der Ruhestörung seines Jahrhundertschlafes rächen zu wollen und machte mit Eifer wütende Streifzüge. Daher wühlten die Seelen im Pfuhl ihrer Unzucht und im Schmerz der Selbstbezichtigung . . .

Da brachte Pawełek den Freund auf den Gedanken, diesmal den Kreuzweg außerhalb des Kirchengeländes abschreiten zu lassen.

»Man sollte bedenken, Herr Prälat«, erklärte er ihm, wobei er entsetzlich mit dem linken Auge zwinkerte, »daß es darum gehen muß, eine größere Wirkung hervorzurufen. Man muß den Schwerpunkt der Zeremonie vor die Kirchenmauern verlegen, innerhalb vier geschlossener Wände ist alles gedrängt und klein – was wir aber brauchen, ist ein starker Effekt und eine breite Geste. Unerläßlich sind Weite und Pathos. Schon allein die physische Strapaze der Wanderung von Station zu Station wird das Ihre bewirken; zudem lassen sich leichter Analogien zum Original des Wegs Christi nach Golgatha vollziehen, was die Menschen durch die Macht der Suggestion in die erforderliche Stimmung bringen wird.«

»Ja, ja, da hat Er recht. Doch wo findet man hier ein entsprechendes Gelände? Ich glaube, der Hof unserer Pfarrei würde diesem Ziel nicht genügen.«

»Natürlich nicht. Doch könnte man nicht die Patres vom Kloster der Barmherzigen Brüder bitten, uns für die Fastenzeit den Klostergarten zur Verfügung zu stellen? Ein ideales, wunderbares Terrain! Diese Terrassen dort, diese gewundenen Wege!«

Die Augen des Pfarrers Desiderius leuchteten begeistert auf.

»Ein großartiger Gedanke! Das wäre der richtige Ort. Noch heute spreche ich mit dem Prior!«

Das tat er denn auch und erhielt die Erlaubnis. Pawełek machte sich sogleich nach Erhalt des günstigen Bescheids daran, den Weg herzurichten, und hielt sich mehrere Tage im Klostergarten auf. Umgeben von einer Schar eifriger Zimmerer, die für das fromme Ziel freiwillig ihre Dienste anboten, baute er an den Hängen des Gartens kleine Kapellen, stellte Kreuze auf und richtete Stationen ein. In der Mitte der vierten Fastenwoche waren die Vorbereitungen beendet, und am darauffolgenden Freitag schritt man den Kreuzweg zum erstenmal unter freiem Himmel ab.

Der Tag war prächtig. Die Frühlingssonne, die einen Halbkreis am Himmelsblau beschrieben hatte, neigte sich langsam dem westlichen Horizont entgegen. Eine riesengroße spätnachmittägliche Stille senkte sich über den Park. Um die fünfte Stunde stimmte die große Menge der am Eingangstor versammelten Gläubigen die wehmütige alte Klage der Gottesmutter unter dem Kreuz an und bewegte sich, angeführt von Pfarrer Desiderius, zur ersten Station.

Der Weg führte in gewundener Linie rings um den Hügel im Park und war mit Sand und Kies bestreut. Über ihn neigten sich die noch kahlen Bäume, durchschnitten schwarze Äste und Zweige das Himmelsblau mit ihrem bizarren Geflecht. Stellenweise dehnte sich der Weg zu einer geräumigen Bahn: die Hänge traten zurück oder senkten sich so tief nach unten, daß sie den Blick auf die in der Ferne schimmernden Konturen der Karpaten freigaben. Im Glanz der Abendsonne, die als blutige Klage weit, weit hinten im Westen zerfloß, ertönte die Melodie des Liedes von der Łysa Góra, dem Kahlen Berg. Der Abendwind, der vom fernen Gebirge herabkam, durch die felsigen Schluchten der Flüsse und Bäche, nahm die altehrwürdigen, vom Geist der Vorfahren erfüllten Worte auf seine Schwingen und trug sie in den Raum:

»Teurer Sohn, Erwählter, du!
Ach, wann find ich endlich Ruh.
Oh, ich fleh dich an von Herzen,
teile mit mir deine Schmerzen,
daß ich Trost doch dadurch fände,
sprich ein Wort vor deinem Ende.«

Damit waren sie an der ersten Station angelangt. Auf der geräumigen, von Brombeersträuchern und Liguster gesäumten Fläche erhob sich wie ein Stoßgebet zum Himmel eine Kapelle mit dem Bild Jesu vor dem Gericht im römischen Prätorium.

Das Lied verstummte, die Tragaltare der Prozession verhielten, die Menschen blieben stehen. An die Spitze des Umzugs schob sich eine Schar Mönche mit hochgeschlagenen Kapuzen und stimmte in tiefem Chor ein neues Lied an:

»Heut gedenken wir, getreue Christen,
des grausam zum Tode verurteilten Jesus.
Wiewohl Pilatus keine Schuld an ihm finden
  konnte,
hat er ihn doch für schuldig befunden . . .«

In die wie ein Stöhnen des Herbststurms so eindringliche und traurige Weise fiel die Menge der Pilger auf der entgegengesetzten Seite ein und antwortete im Unisono-Refrain:

»Wiewohl Pilatus keine Schuld an ihm finden
konnte,
hat er ihn doch für schuldig befunden.«

Nun griffen die in einem breiten Halbkreis rings um die Station Knienden die Melodie auf und verstärkten sie durch die Resonanz Hunderter Kehlen, so daß sie in die blaugraue, abendliche Ferne strömte wie ein Echo der Erinnerung an längst vergangene Ereignisse, erwacht nach Jahrhunderten in der klösterlichen Abgeschiedenheit des fernen polnischen Landes . . .

Die Menge wanderte weiter. Den Umzug führte der Prälat an, begleitet von Geistlichen, und denen folgten Mönche und Wanderpilger mit dem Pilger aus Żytomierz an der Spitze, danach Nonnen und Ordensschwestern, zum Schluß die Scharen der Gläubigen und Büßenden. Über den menschlichen Köpfen schaukelte wie ein Schiff auf den Wellen eine Christusfigur aus Wachs in Lebensgröße. Die hocherhobene Gestalt des Erlösers, ohne Gewänder, blutige Striemen auf dem Rücken, hatte das dornengekrönte Haupt auf die Brust gesenkt und ließ die mit Stricken gefesselten Hände hilflos ausgeliefert hängen. Die rings um ihn brennenden riesigen dreiarmigen Leuchter, befestigt mit eisernen Haltern an den Rändern des Tragaltars, beleuchteten das über die Maßen erschöpfte und schmerzverzogene Gesicht. Und über dem Lichterwald ragte der Menschensohn, grausam gefoltert und zu Tode betrübt, als urewiges Symbol und Mahnmal menschlicher Bösartigkeit und menschlicher Schändung. *Ecce homo!*

In einem bestimmten Augenblick konzentrierten sich die Blicke der Menge, wie von geheimnisvollem Willen gelenkt, auf den umflammten Tragaltar, und aus den Kehlen Tausender drang wie eine Lawine das herzzerreißende Lied: »O mein Volk, was hast du mir angetan!«

Als sie die fünfte Station erreichten, die nach der rechten Seite des Weges hin auf einem von drei Trauerweiden umgebenen Sandhügel errichtet war, trat aus der Schar der Büßenden der gebückte, mit einer braunen Kutte angetane Pilger aus Żytomierz. Der Büßende, der sein Gesicht unter einer weiten Kapuze verborgen hielt, trat an die Spitze der Prozession, verneigte sich vor der Kapelle, hob das große hölzerne Kreuz vom Erdboden auf und wuchtete es auf seine Schulter.

Als das gesamte Gefolge nachgekommen war, fiel Pfarrer Desiderius vor dem Abbild Christi auf die Knie und grüßte es, in Molltönen psalmodierend: »Vor deinem Angesicht verneige ich mich, Christe, und preise dich!«

»Der du durch deinen heiligen Kreuzestod die Welt erlöst hast!« fügten die Gläubigen hinzu und gingen gleich zu dem eigentlichen Motiv der Station über:

»Jesus empfängt Simon von Kyrene, unter der Last
des Kreuzes,
der ihm aus Barmherzigkeit die Last erleichtert,
und den er belohnt mit Verheißung des
Himmels . . .«

Dem Beispiel des Pilgers von Żytomierz folgend, kamen viele Büßer und nahmen eines von den Kreuzen auf ihre Schultern, die in großer Menge vor der Kapelle gestapelt bereitlagen. Nun bewegte sich bis zum Ende des Weges ein Wald von Kreuzen bergan, und ihre schwarzen, über die Köpfe der Menge ragenden ausgebreiteten hölzernen Arme wiegten sich in unheilkündender Segnung.

An der sechsten Station trat eine junge, bildhübsche Nonne aus der Schar der Ordensschwestern, hielt in den hoch erhobenen Händen ein schneeweißes Tuch mit dem Abbild des Antlitzes Christi und stellte sich damit an die Spitze des Zuges. Da wogte die Menge wie ein Getreidefeld und ehrte die Leidensstation mit einem rührenden und einfachen Lied:

»Voller Leid, traurige Tränen vergießend,
begegnet die heilige Veronika dem Herrn.
Als sie ihr Tuch auf sein Antlitz legt zu
 wischen den Schweiß,
ist sein Abbild verewigt für alle Zeiten ...«

Doch bevor als Echo die Worte des Refrains erklangen, geschah etwas Unerwartetes. Der Pilger von Żytomierz, der die Nonne an der Spitze des Zuges so entgeistert anstarrte wie eine Vision, streckte plötzlich die Arme aus und ging verzückt auf sie zu. Von der Schönheit der Jungfrau gebannt, sahen seine Augen nur sie, und ekstatisch bebend flüsterten seine Lippen: »Veronika! Veronika! Das ist sie! Das ist sie!!!«

Das Büßerkreuz glitt ihm von der Schulter und fiel mit dumpfem Poltern zu Boden. Verwirrung entstand. Die Leute begannen zu murren, Stimmen des Unmuts wurden laut. Da besann er sich, zog die Kapuze tief in die Stirn, nahm das Kreuz wieder auf und mischte sich wankenden, hinkenden Schrittes unter die Menge. Die für eine kurze Weile verstummte Melodie lebte mit verstärktem Akkord wieder auf und füllte das entstandene Vakuum.

Die Prozession ging weiter von Station zu Station unter Gebeten, Psalmengesängen und Liedern, wobei sie sich immer höher hügelan wand. Die lange schwarze Menschenschlange kroch in vielfachen Serpentinen die Hänge des Klosterbergs hinan, schwoll an, wenn sie zeitweilig erstarrte und kroch weiter hinauf ... Indessen stand die Sonne bereits am Horizont und glühte als riesiges rotes Paneel zu seinen Füßen. Düstere, stahlgraue Wolkenschichten zogen sich darüber hin wie Flöze und schnitten sie vom übrigen Himmel ab. So starb die Sonne allein, eingehüllt in Trauerflor ...

Der Weg war zu Ende. Schon erglühte im Scharlachrot des Sonnenuntergangs die Schädelstätte, ein kahler Felsen mit den drei Kreuzen. Die Strahlen der verlöschenden Sonne umgaben sie mit gespenstischer Glorie, und aus ihren ausgebreiteten hölzernen Armen schien Blut zu sickern. Wie im Schweiß der Agonie standen die drei Hölzer der Qual, Schmach und Pein und mahnten die Welt mit den Stümpfen ihrer verdorrten Arme. Die metallisch glänzenden schwarzen Schwingen der großen Trauervögel, die sich auf diese Kreuzesarme niedergelassen hatten, wirkten aus der Ferne wie in Blut getaucht.

Die Ordensschwestern intonierten das *Stabat mater.* Wie von den Worten des Klageliedes geweckt, erhob sich ein Wind aus den Schluchten, wehte in raschem Flug über den Kalvarienberg und legte sich erst wieder irgendwo jenseits des Berges in einer Senke des Klostergeländes. Von der Stadt her schlugen die Turmuhren die sechste Stunde. Die Menschen fielen auf die Knie. Pfarrer Desiderius blieb stehen und hob die Hand zum Segen. In den Strahlen der Sonne, die sich von der Erde verabschiedete, warf sein Arm einen riesigen Schatten auf den Weg, einen weithin reichenden schwarzen Schatten von höchst seltsamen Konturen: Auf dem Sand des Weges zeichnete sich scharf das Profil eines Ziegenbocks ab. Das in den Raum ragende Hörnerpaar rief auf zum Kampf, die gebogene Nase und der Mund darunter verzogen sich in sardonischer Häme, der zottige Bart schien verwegen die Welt zu verhöhnen ...

»Benedico vobis!« rief segnend der Priester.

Ein Raunen ging durch die Reihen der Pilger.

»Was ist das? Seht, dort auf dem Weg!«

Sie sahen den unheildrohenden Schatten. Prälat Desiderius warf einen Blick auf das Gespenst seines Armes und ließ ihn sofort fallen. Doch hatte er es zu spät bemerkt. Die Leute an der Spitze des Zuges hatten das satanische Abbild gesehen und gaben die Kunde darüber von Mund zu Mund weiter. Nach einer Weile wußten es alle. Der ganze Prozessionszug wurde von Furcht und böser Vorahnung ergriffen. Bei den letzten Akkorden des verlöschenden Liedes ertönte plötzlich hysterisches Schluchzen von Frauen. Zwei Nonnen brachen mit krampfhaftem Lachen aus der Menge und warfen sich, Schaum vor dem Mund, in konvulsischen Zuckungen auf die Erde. In dem Augenblick verlosch die Sonne. Ein jähes Dunkel breitete sich von dem westlichen Horizont her aus und überzog den Himmel mit einem Trauerflor. Aus den Schluchten der Flüsse erhob sich ein Wind und fiel als Sturm in den Klosterpark ein. Er wirbelte den Sand auf, überschlug sich in rasenden Sprüngen und begann an den Baumskeletten zu rütteln. Mit dem Pfeifen des Windes und dem Ächzen der gepeinigten Zweige mischten sich die Schreie der Männer und Frauen: Im Schein der plötzlich aufflammenden Fakkeln sahen sie, wie die Golgatha-Kreuze mit dumpfem Knall zerberstend zu Boden fielen; der siegreiche Orkan riß Holzsplitter hoch und schleuderte sie an den Felsvorsprung am Wegrand. An dem dunkel verhüllten Himmel zuckte ein blutroter Blitz und schlug mit ohrenbetäubendem Krachen in den Turm der Pfarrkirche ein.

»Herr, sei uns gnädig!« flüsterten die schreckensbleichen Lippen. »Gott, erbarme dich unser!«

Die gebückten Gestalten wanden sich in krampfartigen Anfällen auf den Wegen und zu Füßen der Kapellen, wälzten sich in konvulsischen Zuckungen über die Hänge des Hügels, rollten haltlos wie tote Gegenstände in den Kehlen der Hohlwege. Panik und Verwirrung schlugen ihre Klauen in die Menge, kaltes Entsetzen weitete die Pupillen der Menschen, machte ihre Zähne klappern. Scharenweise ergriffen sie die Flucht . . .

Vom Regen gepeitscht, von grellen Blitzen geblendet, betäubt vom Krachen des Donners, rasten die Menschen blindlings davon, stolperten über die Leiber der am Boden Liegenden, stürzten über Steine, prallten gegen Bäume. In der undurchdringlichen Finsternis flackerte im Klostergarten noch lange der Schein von Fackeln, die da und dort in panischem Entsetzen Herumlaufende mit sich trugen. Um die zehnte nächtliche Stunde, als das Gewitter vorbei und der Donner verebbt war, bewegte sich von der Abtei der Barmherzigen Brüder zur Gartenpforte hin eine Schar Fratres. Bei dem schwachen Licht ihrer Laternen und Öllampen suchten sie an den Hängen des Gartens verirrte Brüder und ohnmächtig niedergesunkene Schwestern. Und sie fanden etliche.

Heiligenschändung

Traurig verlief diesmal das Auferstehungsfest. Der unheilverkündende Schatten der Kreuzgangsprozession schien auf den Ostertagen zu lasten und ihre sonnigen Pfade in Trauer zu hüllen. Es kam keine Freude auf in den Menschenherzen, seltsam düster klangen diesmal die Osterglocken . . .

Die Festtage vergingen, es verging der April, und es nahte der Mai. In den Gärten erblühten die Apfel- und Kirschbäume, standen die Pflaumenbäume in vollstem Frühlingsschmuck, verströmten die Traubenkirsche und der Flieder ihren süßen Duft. Es schien ein gutes Jahr zu werden, die Bauern der umliegenden Dörfer erwarteten eine reiche Ernte . . .

Doch gegen Mitte des Monats stellten sich Blattläuse ein, und roter Rost raffte Blumen und Gemüse hin. Ein widerwärtiges Raupengetier befiel auch die Obstbäume und zerstörte innerhalb weniger Tage die Hoffnung der Gärtner.

Irgendwann gegen Ende Mai tauchten in den Vororten verdächtige Landstreicher auf. Abstoßende Bettler und grindiger Abschaum trieben sich in den Gassen und Wirtshäusern herum. Besonders in dem Weiler Bugaj wimmelte es von diesem Geschmeiß wie nie zuvor. Die Vorstadt machte den Eindruck eines Panoptikums, in dem alle Ungeheuerlichkeiten und alles Abscheuliche des menschlichen Körpers zur Schau gestellt wurden. In fast jeder Gasse traf man auf entsetzlich mißgestaltete Figuren, ohne Hände, ohne Füße, mit Höckern auf den grotesk verkrümmten Wirbelsäulen, ohne Nasen, mit vom Aussatz zerfressenen

Mündern; an jeder Ecke glotzten den Vorübergehenden tierähnliche Fratzen an, in denen fiebrig glänzende Triefaugen glühten, streckten sich ungefüge Hände nach Almosen aus, aufgedunsen zu Schaufeln, bedeckt von aschgrauer Haut. Im Staub der Landstraßen, auf den Stufen der Kirchen und vor den Friedhofspforten standen Bettler, die seit Jahren an Elephantiasis litten, grausig gezeichnete Syphiliskranke und von Geschwüren geplagte Landstreicher, die schon von weitem durch den Gestank ihrer Lumpen warnten. Ausgestoßene, deren Blut langsam vergiftet wurde von den Krankheiten der Straße.

Dieses menschliche Gewürm machte sich breit vor den Häusern und Gärten, vor Gasthäusern und Schenken, lungerte auf den Dorfangern oder Dorfplätzen, kroch des Nachts in Ställe und Scheunen, lehnte an Mauern und Regenrinnen.

Als gegen Ende des Monats eine starke Hitzewelle anbrach, umlagerten diese Elenden die Brunnen und rissen einander Eimer und Krüge aus den Händen. Im Schein der Maisonne glitzerten die silbrigen Perlen des Wassers, das von den Herbeigeströmten verschwenderisch verbraucht wurde, das ihre Wunden netzte, ihre Geschwüre spülte. Hatten die Kranken dann ihren Durst gestillt, ließen sie endlich von Brunnen und Fontänen ab, und gleichsam als Andenken blieben auf Zisternenböden und an Beckenrändern Klümpchen verseuchten Geifers und dichten grüngelben Eiters zurück ...

Kurze Zeit später, zu Beginn der Kreuzwoche, am Sonntag Rogate, brach auf dem Bugaj eine rätselhafte Krankheit aus. Ihr erstes Opfer war der Schmied Wyrostek, der genau zur Mittagsstunde, als er den Markt der Vorstadt überquerte, plötzlich auf das Straßenpflaster fiel und mit schrecklichem Geschrei unter entsetzlichen Schmerzen innerhalb weniger Minuten seine Seele aushauchte. An jenem Nachmittag starben unter ähnlichen Umständen fünf weitere Menschen. Alle hatten nach Eintritt des Todes ein stahlblaues Gesicht, rötlichen Schaum vor dem Mund und große blutunterlaufene Geschwülste unter den Achseln. Am nächsten Tag breitete sich die Seuche jäh aus und erfaßte die ganze Vorstadt; es gab kein Haus, das sie nicht heimgesucht hätte. Die Menschen starben zu Dutzenden wie die Fliegen; der schwarze Tod streckte sie nieder, wo immer er zugriff. Keiner von denen, die er sich zum Opfer erkoren hatte, konnte ihm entrinnen. Es gab kein Versteck, aus dem die Klauen des unsichtbaren Feindes ihn nicht hervorgezerrt hätten, es gab keine noch so dicke Mauer, hinter der er ihn nicht erspäht hätte. Panik packte die noch Lebenden, sie strebten in wilder Flucht zur Stadt hinaus und weiter fort. Doch sie fanden alle Wege versperrt: Ein eherner Polizeikordon drängte sie zum Seuchenherd zurück. Eine aus der Hauptstadt entsandte Hygienekommission ließ im Zentrum der Vorstadt Baracken errichten und gestattete den Flüchtenden nur dort, um Hilfe nachzusuchen. Die aufopferungsvolle Tätigkeit der drei jungen Ärzte, die dort den heldenhaften Kampf gegen den unsichtbaren Gegner aufnahmen, führte zu nichts: Am vierten Tag starben auch sie, einer nach dem anderen ließen sie die Kanüle aus den erstarrten Fingern fallen. Der siegreiche Sensenmann erntete weiter . . .

Da richteten sich aller Augen auf Prälat Desiderius. Der düstre Priester übernahm mit stummem Einverständnis aller Einwohner des Weilers Bugaj die geistliche Führung. Er verließ seine behagliche Wohnung in der Nähe des bischöflichen Palais an der Kathedrale und zog in ein kleines, von wildem Wein bewachsenes Haus in der Vorstadt, um den Seelen der

Verdammten den Halt seiner starken, stählernen Hände zu geben.

Er begann mit Bittprozessionen. Im Eichenwald am östlichen Teil des Bugaj fällten Holzknechte einen riesigen, hundertjährigen Baum, hackten die Äste ab, befreiten sie von den Zweigen. Zimmerleute kamen, beschnitten den Stamm, hobelten ihn glatt, zimmerten einen großen Querbalken und errichteten so ein Kreuz. Das Marterholz von riesigem Ausmaß – 20 Meter hoch und 8 Meter breit –, geweiht in der kleinen Sankt-Wojciech-Kirche, trugen die Schultern der Büßenden; einer auf den anderen gestützt, in Staub, in Schweiß und in Qual, mit blutunterlaufenen Augen, in Büßerhemden, sackleinenen Kapuzenmänteln oder nur in rauhen, seitlich für die Arme ausgeschnittenen Säcken, schleppten sie das Büßerkreuz, Schaum auf den Lippen, Verzweiflung im Herzen. Und die schreckliche Prozession zog im Schein von riesigen Kerzen, Tenebraeleuchtern, Sterbekerzen und mit schwarzem Krepp umwickelten Fackeln durch die Straßen, über die Plätze und durch die Gärten der Vorstadt, sie schleppte sich, begleitet vom Gestöhn der Glocken, unter der türkisfarbenen Kuppel des Maihimmels über Felder, Pfade und Wege, glühend von den Strahlen der irren Sonne, braun von Staub, grau von Sand, den der heiße Wind in ganzen Wolken über die Köpfe der Menschen fegte. Aus staubrauhen Kehlen, von vor Angst erstickten Stimmen intoniert, drang schwer wie geschmolzenes Blei und drohend wie Verdammnis die Melodie des Bittgesangs: »Heiliger Gott. Heiliger starker Gott, heiliger und unsterblicher Gott, erbarme dich unser! . . .«

In der Glut des heißen Tages, angesichts der wie zum Hohn heiteren, sengenden Sonne stieg von der Erde ins makellose Blau des Himmels das herzzerreißende Klagegebet auf.

Inmitten der wie ein Getreidefeld wogenden Menschenmenge ragte das riesige Kreuz mit seinen langen, starren schwarzen Querbalken und schob sich langsam, gestoßen von Schultern und Rücken, vorwärts. Wenn die Büßenden erschöpft zu Boden sanken und vor Ermattung ohnmächtig wurden, traten an ihre Stelle andere unter die Kreuzeslast, um sie in Qual und Pein weiterzutragen. Der Sturm fuhr in ihre Haare, riß gnadenlos an ihnen und zerrte wild an den schwarzen und blonden Flechten der Frauen. Von den Kerzen, die die zitternden Hände schützend neigten, tropften leise große, heiße Tränen geschmolzenen Wachses . . .

Gegen Abend, als am Himmel im Westen bereits das Blutrot des Sonnenuntergangs glühte und von der erschöpften Erde Stoßgebete voll Schmerz und Verzweiflung in den unendlichen Raum aufstiegen, blieb die Prozession vor einem der Brunnen stehen. Hier im Schein der sterbenden Sonne beugte sich über das Marmorbecken eines Springbrunnens die liebliche Gestalt der Madonna. Die letzten Strahlen küßten zärtlich die korallenfarbenen Füße der Wundersamen, flossen über die Falten ihres Gewandes auf die glitzernde Oberfläche des Wassers. Aus der randvoll gefüllten Muschel ergoß sich plätschernd das verseuchte Naß und sickerte als silberner Bach in die Zisterne. In der abendlichen Stille ertönte die tiefe, metallische Stimme des Priesters:

»Schöne Jungfrau, reiner Stern, Maria!
Schutzherrin der Brunnen und Quellen, Maria!«

»Maria!« fiel die Menge ein. »Maria! O Himmelskönigin!«

Und das Lied schwebte durch das abendliche Dunkel weit hin in die Ferne, über Häuser und Straßen, zog breite Kreise über Felder und Auen, bis es schließlich am Rande des Eichenwaldes in einem abgelegenen Winkel verhallte.

Mit dem Tragealtar der Allerheiligsten Jungfrau an der Spitze schritt die Prozession von Brunnen zu Brunnen, von Zisterne zu Zisterne, die Schutzpatronin der Brunnenquellen und Fontänen anbetend und lobpreisend.

Und spät in der Nacht, als schon allerorts Schatten die ermattete Erde umhüllten, bestieg eine Gruppe Jungfrauen mit ihrem Prozessionsaltar ein Boot und ruderte zum Eichenwerder. Hier, umgeben vom Schein der Fackeln und Laternen, schimmerte hell weithin in der Lichterflut das Bildnis der Allerreinsten, das die ganze Nacht hindurch die Anbetungen und Huldigungen entgegennahm. Die schönsten Jungfrauen des Weilers Bugaj baten die Patronin der Brunnen bis zum Morgengrauen um Gesundung ihrer Wasser und Quellen . . .

Doch am letzten Tag der Kreuzwoche, gerade als die Bußprozession den alten Friedhof umschritt, sprang plötzlich hinter halb verfallenen Grabstätten eine Schar Menschen hervor, die sich gegenseitig mit ledernen Riemen die entblößten Schultern geißelten. Das Sausen der Hiebe vermischte sich mit dem dumpfen Ächzen der gepeitschten Leiber und dem Gestöhn der Gebete:

»Herr, sei uns gnädig: Herr, erbarme dich unser! In den Strömen unseres Blutes kühle du, o Herr, die Glut deines Zornes!«

Und sie geißelten einander erbarmungslos Schultern, Arme und Lenden, schlugen mit Kantschus auf die Rücken ein, die sich vor Schmerz krümmten, peitschten die Haut, bis das Blut hervorspritzte. Männer, Frauen, Mädchen, sogar Kinder. Der grimmige

Bußeifer überwand alle Hemmungen, und ohne Scham boten die Frauen ihre Brüste den Auspeitschern zur Züchtigung dar. Das Blut tropfte von den weißen Leibern, mit blauen Striemen überzogen sich die anmutigen Hüften und Schenkel.

Das Prozessionslied verstummte; wie hypnotisiert vom Anblick der sich Geißelnden blieb die Prozession an der Friedhofsmauer stehen und verfolgte gebannt das Tun der Besessenen. Über alle Stimmen erhob sich plötzlich gellend ein hysterischer Schrei. Eine wohlgestalte junge Frau drängte sich von hinten aus der Menge hervor, riß sich die Kleider vom Leib und hielt die weißen Schultern den Peitschenhieben hin. Blut spritzte auf und besudelte die weiße Unterwäsche.

Mit einemmal wurde die Menge wie von einem Wahn ergriffen. Im Handumdrehen war der Prozessionszug aus den Fugen geraten. Von dem schrecklichen Beispiel mitgerissen, zogen alle hastig ihre Kleider aus, mischten sich mit wildem Geheul unter die Auspeitscher, ließen sich geißeln. Andere, vor allem Männer, rissen ihnen die knallenden Kantschus aus den Händen und kasteiten damit selber erbarmungslos ihre Leiber. Alsbald tobte in der ganzen Vorstadt eine besessene Hetzjagd von Flagellanten. Die Meute der verbissen nach eigenem und fremdem Blut lechzenden Menschen wälzte sich mit zum Schlag erhobenen Stricken und Riemen von einem Ende des Weilers zum anderen. Die Glut des Verlangens in den irren Augen, hielten die Frauen ihre zarten Schamteile den harten, unbarmherzigen Männerhänden entgegen, in unaussprechlichem Gefühl der Wollust spürten sie auf ihren gepeitschten Brüsten, Rücken und Schößen deren wilde, grausame, unerbittliche Kraft, dieselbe Kraft, die sonst in zärtlicher Umarmung ihren Schoß bedrängte und ihre Hüften niederdrückte ... Aus der Qual der Geißlung wurde die sexuelle Lust geboren ...

Auf den Stufen der Kirche, vor dem dunklen Grün des Eichenlaubs stand mit dem Kreuz in der Hand Pfarrer Desiderius. Er stand da, riesengroß, düster, und beobachtete mit finsterem, nachdenklichem Blick die blind wütende Meute.

Aus dem Jungholz kam eine Schar Ordensschwestern auf ihn zu und kniete auf dem Kirchhof nieder. Eine schlanke Nonne von ungewöhnlicher Schönheit trat aus der Gruppe ihrer Mitschwestern hervor und begann langsamen, majestätischen Schrittes zur Kirche zu schreiten.

»Schwester Veronika!« Ein Raunen ging durch die Menge. »Schwester Veronika!«

Als sie vor der Kirchentür angelangt war, reichte sie dem Prälaten die Klostergeißel, sah ihn bittend an und sagte: »Ehrwürdiger Vater, verschone auch mich nicht mit Schlägen! Möge auch über mich der Segen der Geißelung kommen.«

Darauf entblößte sie vor aller Augen ihren Körper bis zur Taille und beugte in demütiger Erwartung der Schläge ihre wohlgerundeten Schultern.

Der Pfarrer nahm die Geißel aus ihrer Hand, trat, wie um auszuholen, einen Schritt zurück und hob den Arm ... In dem Moment aber stand wie aus dem Boden gestampft vor ihm der Pilger aus Żytomierz. Die Kapuze seines Pilgermantels rutschte ihm vom Kopf und enthüllte das von Zorn verzerrte Gesicht des Devotionalienhändlers Kuternóżka. Bevor der Prälat den Hieb führen konnte, spürte er, wie eine eiserne Hand ihm die Finger quetschte. Er ließ die Geißel kraftlos fallen und richtete den Blick auf das Gesicht des Gegners. Eine ganze Weile maßen sie einander mit Augen voller Haß.

»Lump!« zischte schließlich Kuternóżka mit heiserer, zornerstickter Stimme. »Du Lump! Wag es nicht, sie anzurühren!«

Beim Klang dieser Worte erbebte Schwester Veronika, richtete sich auf und sah den Pilger an. In ihren Augen flackerte das Licht plötzlichen schrecklichen Erkennens – sie erbebte, wankte und fiel mit den Armen flatternd wie eine tödlich getroffene Taube entseelt auf die Stufen der Kirche . . .

Im Schutze der nur spärlich vom Mondlicht erhellten Nacht schlich Kuternóżka an der Klostermauer entlang. Wenn der Mond hinter den Wolken hervortrat, warf die sorgfältig über seinen Kopf gezogene Kapuze einen seltsamen, pyramidenförmigen Schatten.

Es war eine warme Maiennacht. Von der Glut des ganzen Tages erhitzt, gab die Erde die gespeicherte Wärme in Wellen ab. Im Klostergarten begann die Nachtigall zu klagen, begann der Flieder zu duften. Am bewölkten Himmel zog sinnend der Mond an Wolkenfeldern vorbei . . .

An dem eisernen Tor blieb Pawełek stehen. Nach kurzem Überlegen drückte er vorsichtig die Klinke herunter. Das Tor war verschlossen. Da ergriff er mit der rechten Hand den vorstehenden Torpfosten, zog sich an ihm hoch und stellte einen Fuß auf die Klinke. Damit war er auf halber Höhe der Ziegelmauer, die insgesamt drei Meter hoch war.

Den Rücken an den Torpfosten gelehnt, mühsam das Gleichgewicht haltend, atmete er erschöpft nach der Anstrengung auf. Dabei kam ihm ein Gedanke. Er holte aus seiner Pilgerkutte ein langes Klappmesser, ließ es aufspringen und bohrte ein Loch in die Mauer. Danach ein zweites etliche Zentimeter von seiner rechten Hüfte entfernt und ein drittes in Reichweite über seinem Kopf. Danach legte er die Hand in die Kerbe über seinem Kopf und zog sich mit dem ganzen Körper in die Höhe. Einen Halt suchend, schwebten seine Füße eine Zeitlang frei in der Luft. Schließlich fanden sie ihn, und nun stand er da wie in Steigbügeln. Es galt aber noch, ein meterhohes Stück der Klostermauer zu überwinden. Das Glück war ihm hold. Gerade als er sich anschicken wollte, eine neue Höhlung zu schaben, hörte er über seinem Kopf das Geräusch eines leichten Aufschlags. Er blickte nach oben und sah einen über die Mauer reichenden Ahornzweig, den der Wind hin und her bewegte. Hastig griff er danach, schwang sich an ihm hinauf, erwischte mit dem linken Fuß die oberste Vertiefung und stieß sich mit ganzer Kraft ab. Das Manöver gelang einwandfrei, und wenig später saß er rittlings auf dem oberen Mauerrand.

Nun ließ er die Pilgerkutte fallen und wischte sich die Stirn. In tiefen Zügen atmete er die balsamischen Düfte, die aus dem Garten aufstiegen. An seinem rechten Oberschenkel ruhte der rettende Ahornzweig, der ihn von Zeit zu Zeit sanft streichelte. Linker Hand, etwa fünfzig Meter entfernt, stachen wie schwarze Nadeln die Turmspitzen des Klosters in den dunklen Himmel. Die Turmuhren der Stadt schlugen die erste Stunde. Der Klang ihrer Messinghämmer riß ihn aus seinem Sinnen.

Es ist Zeit, dachte er und gab sich einen Ruck, höchste Zeit für mich.

Und behend wie ein Kater glitt er an dem Ahornstamm hinunter in den Garten, blieb stehen und blickte an den Stamm gelehnt in das Klostergelände.

Der Mond, der sich durch die Wolkenschichten vorgearbeitet hatte, schwamm nun auf dem offenen Meer des dunklen Himmels und schickte sein Magnesialicht auf die Erde. Der Garten war ganz in seine grünsilberne Lichtflut getaucht. Etliche Meter weiter glitzerte die gefältelte Fläche eines Sees, den eine lange, schmale, bis zu seiner Mitte reichende Landzunge teilte, die am Ende verbreitert war zu einer Art Halbinsel. Darauf schimmerte weiß, von drei Seiten vom Wasser umgeben, eine Kapelle. Durch die geöffnete Tür sah er den vom schwachen Glanz zweier Kerzen beleuchteten Altar, dessen unterer Teil von einer sich undeutlich abzeichnenden schwarzen Masse verhüllt war. Oben an der Decke hing blutrot leuchtend die ewige Lampe ...

Das immer wieder von Windstößen bewegte Wasser des Sees schlug mit leisem Plätschern gegen das steinerne Fundament der Kapelle. Von der Böschung sanft abgewehrt, kehrte es jedoch gefügig in sein Bett zurück. Auf dem Schneeballstrauch, der einsam an dem felsigen Hang stand und helle Reflexe auf das Dach der kleinen Kapelle warf, sang eine Nachtigall klagend ein Liebeslied. Die nächtliche Landschaft, zerrissen vom Mosaik der Lichter und Schatten, rauschte geheimnisvoll mit den Stimmen der Bäume.

Vom Kloster drangen Klänge herüber. Deutlich vernahm er von der Parkallee die traurige Melodie des *Salve Regina,* gesungen von reinen, frischen Mädchenstimmen. Nach der düsteren, von Schmerz zerrissenen Arie des Chores ertönte der tiefe, von Himmelssehnsucht erfüllte Refrain der Altstimmen. Am Ende des Ahornweges funkelten die Lichter der Kerzen und Lampen, im Schatten der Bäume schimmerte eine Gruppe von Nonnen. Gemessenen Schrittes, in hochzeitliche weiße Schleier gehüllt, trugen sechs Schwestern, auf jeder Seite drei, auf ihren Schultern eine Bahre; trugen singend die kostbare Last der so früh dahingegangenen Gefährtin. Auf einem weißen, mit silbernen Lilien bestickten Atlaskissen, geschmückt mit einem Myrtenkranz, ruhte ihr wohlgeformtes Köpfchen. Die Wimpern an den geschlossenen Lidern warfen dunkle Schatten auf das alabasterweiße

Gesicht, in ihren über der Brust gefalteten Händen funkelte im Silber des Mondlichts ein Kreuz. Auf den Lippen, denen der Tod noch nicht die korallenrote Farbe hatte rauben können, lag ein rätselhaftes Lächeln. Es war dort erstarrt und verlieh dem Gesicht einen geheimnisvollen Ausdruck ...

So ging in dieser vom Duft des Faulbaums und der Fliederbüsche trunkenen Mainacht Schwester Veronika ein zur ewigen Ruhe. Und es trugen sie ihre vertrauten Ordensschwestern und reinen Jungfrauen, Christus im Verlöbnis verbunden ...

Sie verließen die Ahornallee, schritten um den See und betraten die Landzunge. Die vom Wind hin und her geworfenen Flammen der Sterbekerzen spiegelten sich deutlich auf der Oberfläche des Sees, so daß gleichsam ein zweiter Leichenzug seiner Tiefe zu entsteigen schien.

Als sie die Kapelle betraten, breitete sich in dem Raum flackernde Helle aus von den neu hinzukommenden Lichtern. Orgelspiel erklang, und über die Wellen des Sees glitt in nächtlicher Stille die wunderbare Melodie des »Ave Maria« von Gounod.

Der Zug der Nonnen teilte sich und bildete eine Gasse für die Schwestern mit der Bahre. Vor dem mit Maiglöckchen und Lilien geschmückten Altar schimmerte inmitten der Kerzenflut dunkel der Katafalk. Die Schwestern nahmen die Bahre von den Schultern, legten die Hände unter den Leichnam und betteten ihn behutsam wie einen Säugling in den Sarg. Unter den fortdauernden Klängen der Orgelmusik beugte sich die Priorin über die Tote und drückte sanft einen Kuß auf ihre Stirn. Dann traten nacheinander die anderen an den Sarg und gaben der Schwester einen Abschiedskuß. Und nachdem alle ihr die letzte Zärtlichkeit erwiesen hatten, bildeten sie abermals einen langen Zug und kehrten still zurück ins Kloster ...

Die Melodie war ausgeklungen, die Orgel war verstummt, nur die Kerzen neben dem Katafalk brannten weiter mit gleichmäßigen, ruhigen Flammen. In der friedhöflichen Stille, umgeben von Kränzen und Blumen in der unwiderruflichen Einsamkeit des Todes, war Schwester Veronika zurückgeblieben; ein Lächeln auf den Lippen, Frieden auf der marmorweißen Stirn, schlief sie sanft auf dem schneeigen Kissen . . .

Wie angewurzelt stand Pawełek unter dem Ahornbaum und verfolgte die traumgleichen Bilder, die vor seinen Augen vorbeizogen. Doch als die letzten Akkorde der Orgelmusik verklungen waren und Grabesstille im Park herrschte, schlich er von unbezwingbarem Verlangen getrieben zur Kapelle. Er mußte sie noch einmal sehen, mußte seine Augen zum letztenmal an dem schmerzlich süßen Anblick weiden, bevor . . . es zu spät sein würde.

An der Tür zur Kapelle blieb er stehen und schickte einen gierigen sehnsuchtskranken Blick in den Raum. Sie antwortete ihm mit einem Lächeln – demselben seltsamen, rätselhaften Lächeln, wie damals . . . Oh, dieses Lächeln, dieses Lächeln . . .

»Du meine wunderbare, engelsreine, liliengleiche Jungfrau. Hahaha! Hahaha! Was für eine kuriose Kombination! Schwester Veronika und ich! Schwester Veronika und Pawełek Kuternóżka!«

Eine irrsinnige Heiterkeit erfaßte ihn, danach Schmerz, furchtbarer Schmerz und unaussprechliche Sehnsucht. Mit wankenden Knien trat er an das Kopfende des Katafalks. Seine dürstenden, fiebrig glühenden Lippen saugten sich an ihrem kalten korallenfarbenen Mund fest und erfuhren eine schreckliche Wollust. Ein plötzliches Feuer überkam ihn, ein verbrecherisches, heiligenschänderisches Begehren kroch aus den verborgensten Tiefen seines Seins, und die drängende Stimme seines Blutes forderte Befriedigung.

Er berührte ihre runde, mädchenhafte Brust und begann mit vor Leidenschaft zitternden Händen den Schleier und das Nonnengewand von ihrem Leib zu reißen. Doch plötzlich faßte ihn jemand am Arm. Er drehte sich um und erblickte das ruhige, doch entschlossene Gesicht des Pfarrers Aloisius.

»Was willst du tun?«

Sekundenlang starrten sie einander an. Kuternóżka senkte zuerst den Blick; er konnte dem Glanz der hellen klarblauen Augen nicht standhalten. Dann entriß er seinen Arm der Hand des Pfarrers und eilte aus der Kapelle. Eine panische Angst trieb ihn zur Flucht. In wilder Hast lief er zurück, überquerte eine Wiese, zwängte sich durch eine Birkenschonung und erreichte den Stamm einer alten Linde dicht an der Klostermauer. Er schwang sich auf einen Ast, kletterte bis zur Spitze und ließ sich von dort auf den oberen Mauerrand gleiten. Nach einem gewagten Sprung befand er sich im Freien. Er sah sich nicht um, rannte blindlings über leere Felder und Ödland davon.

Er rannte pausenlos, ohne Atem zu schöpfen, stolperte über Sträucher, stürzte über Ackerschollen und Steine. Erst als bereits im Osten ein hellgrauer Streifen am Himmel den neuen Tag ankündigte, erblickte er den Waldrand. Die Morgenröte zog auf, da tauchte er endlich in das Dickicht am Rande des Eichenwaldes ein. Er gewährte ihm Zutritt, schloß hinter ihm seine grünen gastfreundlichen Pforten und verbarg ihn vor den Augen der Menschen.

Amelia

Mitte Juni kehrte Pomian von seiner Reise zurück. Als er nach Verlassen des Zuges den Tunnel unter den Bahnsteigen passiert hatte und auf den weißen, mit quadratischen Steinen gepflasterten Bahnhofsvorplatz hinaustrat, erfaßte ihn ein Gefühl der Verwunderung. Die ganze Gegend schien ihm seltsam fremd. Um seinen nach der langen Fahrt steif gewordenen Gliedern ein wenig Bewegung zu verschaffen, nahm er keine Droschke, sondern ließ sein Gepäck in der Aufbewahrung und ging zu Fuß die lange, mit Linden bestandene Bahnhofstraße hinunter zur Stadt. Dabei verließ ihn keinen Augenblick das seltsame Gefühl der Fremdheit gegenüber allem, was ihn umgab. Und doch waren, seit er die Stadt verlassen hatte, kaum drei Monate vergangen.

Ob sich hier etwas verändert hat? dachte er und ließ den Blick über die Konturen der Kirchtürme schweifen, über das chaotische Gewirr der Dächer und über die Kronen der in voller Blüte stehenden Bäume.

Nein. Der völlig »normale« Anblick der Stadt überraschte ihn unangenehm. Als er eingehender über seine Empfindungen nachdachte, kam er zu dem Ergebnis, die Ursache seines Unbehagens sei eben die Tatsache, daß dem Milieu ringsum das Außergewöhnliche fehle. Pomian hatte ganz einfach erwartet, hier alles irgendwie verändert vorzufinden. Statt dessen schien zumindest vorläufig nichts diesen Erwartungen zu entsprechen. Alles war »beim alten«. Gleichgültig schoben sich die Gesichter der Vorübergehenden an ihm vorbei, alles war träge und grau wie der Alltag selbst.

Unbegreiflich! dachte er und bog an der Sankt-Elisabeth-Kirche in die Klosterstraße ein. Hatte sich denn hier nichts ereignet??? Die Menschen machten einen so ruhigen Eindruck, als wäre gar nichts vorgefallen. Vielleicht sollte er jemanden diskret danach fragen?

Da ergriff ihn ein plötzliches Schamgefühl.

Das geht nicht, man könnte mich auslachen. Vielleicht ist hier tatsächlich nichts Besonderes passiert; vielleicht ist die Fremdheit, die ich verspüre, nur subjektiv vorübergehend? Ich sollte lieber vorsichtig sein.

Jetzt erst nahm er wahr, daß er kräftigen Hunger hatte. Ihm war, als hätte er vierundzwanzig Stunden nicht gegessen. Er blickte zur Turmuhr hinauf. Es war kurz vor sechs, also noch sehr früh am Tage.

Die Restaurants sind um diese Zeit vermutlich noch nicht geöffnet, sagte er sich. Ein für ihn nicht sehr angenehmer Schluß. Schade, daß ich nicht auf dem Bahnhof einen Imbiß genommen habe.

Da erblickte er an der Ecke Kathedralstraße auf der rechten Seite die gastlich geöffnete Tür des Centrum-Cafés. Zufrieden lächelnd ging er hinein.

»Eine Tasse Kaffee, gefiltert, mit Sahne«, gab er dem Kellner mit gedämpfter Stimme seine Bestellung und ließ sich mit Behagen in einen weichen Sessel am Fenster fallen. Wenige Minuten später labte er sich bereits an dem aromatisch duftenden Getränk und blätterte dabei in den Tageszeitungen.

»Nichts Bedeutendes«, brummte er schon bald, legte die Zeitungen gelangweilt beiseite und gähnte ausgiebig.

Danach sah er durchs Fenster. Sein träger Blick glitt über die Apsis der Kirche, vorbei an den Mauern des eckigen Turmes und dann weiter über die Häuserfront an der Kreuzung Kathedralstraße – Mönchsgasse. Langsam konzentrierte sich seine Aufmerksamkeit auf das Eckhaus vis-à-vis vom Glockenturm. Ohne zu wissen warum, beobachtete er besonders eindringlich die Passagen im Parterre des Hauses Nr. 18. Dort mußte sich irgendein Laden oder Magazin befinden, denn Fenster und Türen waren durch eiserne Jalousien verschlossen. Dann las er mit Staunen die Schrift über dem Eingang: Stefan Zieleniewicz.

»Das ist unmöglich!« empörte er sich halblaut. »Das gibt es doch nicht.«

»Was gibt es nicht, gnädiger Herr?« fragte der Oberkellner Martin, sein guter Bekannter von früher, als er hier seinen Kaffee zu trinken pflegte. »Worum handelt es sich?«

»Was ist das für ein Geschäft?« fragte Pomian und wies mit dem Kopf auf das Ladenschild.

»Zieleniewicz & Co – Eisenwarenhandlung«, erklärte Martin in aller Seelenruhe. »Eine alte solide Firma. Gnädiger Herr sind doch von hier; haben Sie nie vorher von diesem Geschäft gehört?«

»Aber hier war doch noch bis vor kurzem ein Geschäft mit Devotionalien!« erwiderte Pomian fast beleidigt.

Die runden Augen des Kellners wurden noch runder.

»Ein Geschäft mit Devotionalien?« wiederholte er, als traute er seinen Ohren nicht. »Dort? Vis-à-vis von unserem Café?«

Und plötzlich lachte er herzlich.

»Aber gnädiger Herr ... Sie belieben zu scherzen! Haha! Was würde wohl Zieleniewicz zu diesem Ansinnen sagen! Zieleniewicz als Devotionalienhändler! Hihihi! Den Vorschlag muß ich ihm heut noch unterbreiten. Mal sehen, was er dazu sagt!«

Pomian wurde zornig.

»Herr Martin«, sagte er streng, seinen Ärger mit Mühe unterdrückend. »Fassen Sie sich! Ich muß doch sehr bitten! Als ich von der Devotionalienhandlung sprach, meinte ich keineswegs Herrn Zieleniewicz als Inhaber.«

»Wen denn sonst, gnädiger Herr?« fragte Martin interessiert mit belustigtem Lächeln. »Wen denn sonst?«

»Paweł Kuternóżka«, antwortete jede Silbe betonend der bis zum Äußersten gereizte Pomian.

Im ersten Augenblick war der Kellner verblüfft. Er trat ein paar Schritte zurück und musterte den Gesichtsausdruck des Gastes. Will er mich auf den Arm nehmen? fragte er sich, vergeblich bemüht, in Pomians vor Erregung verzerrtem Gesicht zu lesen.

Schließlich schien er die Situation erfaßt zu haben, denn er wurde ernster und sagte einlenkend: »Offenbar handelt es sich hier um ein Mißverständnis. Der gnädige Herr hat sicher Namen und Lokalitäten verwechselt. Vielleicht befindet sich der besagte Laden mit religiösem Bedarf des Herrn Kuternóżka irgendwo in einer anderen Straße. Obwohl ich mich nicht erinnern kann, daß es in unserer Stadt einen Geschäftsmann dieses oder eines ähnlichen Namens gegeben hätte, und ich lebe doch hier schon über dreißig Jahre und kann die Namen aller Geschäftsleute dieser Stadt hersagen wie das Alphabet. Dennoch ... pardon! Gleich ... gleich ... jetzt dämmert mir was ... Ja, ja tatsächlich ... Diesen Namen, der mir schon ganz entfallen war, trug seinerzeit der Inhaber eines Sarggeschäfts in der Grünstraße. Paweł Kuternóżka – ja, ja, das muß er sein. Jetzt erinnere ich mich sogar an ein Lied, das unsere boshaften Lümmel vor seinem Fenster gesungen haben. Es war ein bißchen unanständig. Aber das ist lange her. Der arme Pawełek ist schon längst unter der Erde; er ist vor mindestens zwanzig Jahren gestorben.«

Pomians Zorn verebbte. Martins ruhiger Ton und besonders der Ausdruck echten Bekümmertseins auf seinem ehrlichen, sorgfältig rasierten Gesicht gaben ihm Anlaß zum Nachdenken. Er beschloß daher, mehr Vorsicht in seinen Äußerungen walten zu lassen.

Er faßte ihn vertraulich am Arm und sagte: »Demnach war dort drüben vor drei oder vier Wochen kein Schild mit dem Namen Kuternóżka zu sehen?«

»Natürlich nicht. Zieleniewicz führt das Lokal seit etwa 40 Jahren; er besaß es bereits, als ich damals als Neunzehnjähriger in unsere Stadt kam; seit der Zeit hat er sich nicht fortgerührt und ist in dem Laden alt geworden, wie ich hier in diesem Café.«

Pomian stützte den Kopf mit der Hand und sann nach.

»Das ist doch merkwürdig«, sagte er nach einer Weile, die Anwesenheit des Kellners vergessend, »sehr merkwürdig ... Wie komme ich auf diesen Namen?«

»Vielleicht betrieb ein Kaufmann gleichen Namens ein Geschäft in einer anderen Stadt«, schlug Martin beflissen vor. »Der gnädige Herr ist doch, wie ich hörte, von einer weiten Reise zurückgekehrt?«

»Nein, nein« widersprach der Gast lebhaft, »das auf keinen Fall. Wenn sich das alles wirklich zugetragen hat, dann nur hier. Übrigens die gleiche Umgebung, dasselbe Stadtbild, die Lage, die weiteren Einzelheiten ... Nein, nein, eine solche Möglichkeit ist ganz ausgeschlossen ... Hm ... Dieser Name ...«

»Ein bißchen seltsam«, unterbrach Martin Pomians Gedankengang. »Ich möchte sogar sagen, ein bißchen komisch. Hahaha, Kuternóżka-Hinkebein ... Hinkebein läßt Gott nicht rein! wie's im Sprichwort heißt.

Hahaha. Das ist ein Name! Geht mir ab! Und obendrein Pawełek. Wie zum Spott!«

Der Kellner unterdrückte einen neuen Lachanfall und verzog sich in die hinteren Räumlichkeiten des Cafés, um den heute ein wenig eigenartig reagierenden Gast nicht noch mehr zu reizen. Pomian zahlte und ging.

Der Junimorgen goß indessen rosigen Glanz aus. Die Kuppeln der Kirchen und Turmspitzen flammten wie im Feuerschein, über die Dächer der Häuser wallten graublaue Rauchschleier. Vom Fabrikgelände tönte das langgezogene Klagen der Sirenen und von der Chaussee das Rattern der Wagen. Die vom Schlaf erwachte Stadt erdröhnte im Lärm des Tages.

Er schritt langsam zwischen dem Glockenturm und der Apsis der Kathedrale die schmale Gasse hinauf. Er liebte diesen Winkel über die Maßen, erinnerte er ihn doch an die mittelalterlichen Partien der großen europäischen Städte, wie man sie von alten Stichen und Gemälden kennt. Über diesem Teil der Stadt schwebte das geheimnisträchtige Fluidum der Jahrhunderte, eine verträumte, altehrwürdige Weisheit. Die intensive, von der Last vergangener Jahre erfüllte Aura umgab die Steinquader des Turmes und lag träumend in den Nischen und Simsen der Kirchenerker. Unter seinen Sohlen dröhnte mitunter dumpf eine Steinplatte, das Vorhandensein unterirdischer Höhlen verratend – an heißen Sommertagen wie diesem drang aus den Spalten und Brücken des Kirchhofs ein eigenartiger, von Grabesmoder durchtränkter Hauch. Angeblich war die Kathedrale früher von einem Friedhof umgeben gewesen; heute nahm seine Stelle ein grüner, grasbewachsener Kirchgarten mit Buchsbaumhecken ein, bewacht von vereinzelt stehenden Zypressen.

An der Ecke des Glockenturms, an der kleinen steinernen Säule am Ausgang der Straße, saß wie gewöhnlich die alte Bettlerin Tekla. Pomian grüßte sie mit einem Kopfnicken und warf ihr ein Almosen in den Schoß des zerlumpten alten Rocks.

»Vergelt's Gott, Herr«, dankte sie mit matter Stimme und hob die erloschenen, triefenden Augen zu ihm auf. »Ah, Sie sind es, gnädiger Herr! Waren gnädiger Herr krank? Seit Monaten hat mich keiner so reich beschenkt. Mein Wohltäter war weg, ich wartete umsonst. Und so blaß sind gnädiger Herr! Hat Gott der Herr etwa eine Krankheit zugelassen?«

»Ich bin tatsächlich ein paar Monate nicht in der Stadt gewesen – ich war verreist«, war die kurze Antwort. »Und was hört man bei euch Neues, liebe Tekla? Wie verlief das Osterfest?«

»So wie immer. Alles so wie jedes Jahr.«

»Alles wie jedes Jahr?« fragte er ungläubig. »Ist nichts Außergewöhnliches vorgefallen?«

Die Alte sah ihn ein wenig verwundert an.

»Wenn ich doch sage, daß nichts Besonderes passiert ist, dann ist nichts Besonderes passiert ... Wie sollte auch? So wie immer haben die Herren Pfarrer von den Kanzeln gepredigt, dann haben sie die Beichte abgenommen, haben Bittgottesdienste abgehalten, die Menschen haben sich der Sünden entledigt, um sich nach Ostern wieder im Sündenpfuhl zu wälzen, wie, mit Verlaub, gnädiger Herr, die Schweine im Kot.«

Pomian winkte ungeduldig ab. »Das wollte ich nicht wissen. Doch wie waren die Prozessionen?«

»Sie waren, sie waren, jetzt ist alles schon vorbei, die Prozessionen und Kreuzwegstationen.«

»Auch Kreuzwegstationen?« fragte Pomian, plötzlich seltsam angerührt.

»Freilich auch Stationen!« wiederholte sie ein wenig verwundert über sein Interesse für die kirchlichen

Zeremonien. »Man ging in den Kirchen von einer Station zur anderen – halt so wie jedes Jahr.«

Pomian wurde unruhig. »Was heißt in den Kirchen? Also innerhalb des Kirchengeländes, nicht irgendwo außerhalb?«

»Freilich in den Kirchen. Wo sollten sie sonst gehen, wenn nicht in den Kirchen, wo die Leidensstationen des Herrn an den Wänden hängen? So ist es doch jedes Jahr gewesen.«

Pomian schüttelte ungläubig den Kopf. »Demnach ist in der Zwischenzeit nichts Außergewöhnliches hier vorgefallen? Denken Sie doch noch mal nach, beste Tekla!«

Die Bettlerin senkte den Kopf und dachte nach. »Jetzt hab ich was!« rief sie triumphierend und hob die Augen zu ihm auf.

»Also was?« drängte er ungeduldig.

»In der Karwoche hat Pfarrer Tylżycki Antonina Kownacka, eine Stellmacherwitwe, von der Rosenkranzandacht ausgeschlossen, weil sie beim Ehebruch mit einem verheirateten Kerl erwischt wurde.«

»Warum nicht gar mit dem Teufel«, fluchte Pomian halblaut, von Zorn über die naive Alte übermannt. »Das ist aber was Besonderes!«

Und schon wollte er sich von ihr verabschieden, als hinter der Apsis die stattliche Gestalt eines Pfarrers auftauchte. Ohne die beiden zu beachten, ging der Geistliche in Gedanken versunken vorbei.

»Ist das nicht Pfarrer Desiderius?« wandte sich Pomian noch einmal an die Bettlerin, als wollte er sich an einen Strohhalm klammern.

»Herr Prälat Dezydery Prawiński«, korrigierte ihn die alte Tekla mit Nachdruck.

Pomian lächelte voller Genugtuung.

»Soll ein sehr strenger Beichtvater und Kanzelredner sein?« drang er weiter in die Bettlerin.

»Freilich ist er streng, denn das Volk hier in der Stadt ist verdorben, und er ist ein heiliger Mensch.«

»Ich hab gehört, daß diesmal er die Bittprozession zu den Kreuztagen auf dem Bugaj angeführt hat?«

Die Alte sah ihn mit ihren Triefaugen erstaunt an.

»Was? Auf dem Bugaj, sagen Sie, gnädiger Herr? Wo ist denn dieser Bugaj? Ist das ein Wallfahrtsort oder was?«

Pomian fühlte, daß er wieder auf Abwege geraten war.

»Wie denn, Mütterchen, Sie wissen nicht, wo der Weiler am Rande der Stadt ist, den man allgemein Bugaj nennt? Am Fluß, gleich hinter der Grünen Grenze.«

Die alte Tekla kicherte. »Jetzt weiß ich, was der gnädige Herr meinen. Aber das ist kein Bugaj, mit Verlaub, sondern der Eichenwerder. Sicherlich haben der gnädige Herr da was durcheinandergebracht. Doch was jene Kreuztage angeht, davon ist mir nichts bekannt. Da hat dem gnädigen Herrn jemand einen Bären aufbinden wollen. Wenn damals wo was losgewesen wäre, hätte ich als erste davon erfahren. Herr Pieniążek, der Kirchendiener, mein Gevatter und Verwandter, hätte mir bestimmt was erzählt!«

»Gott mit Ihnen, Großmütterchen«, sagte Pomian, seine Befragung einstellend und sich von der Alten verabschiedend.

»Gott der Herr leite den gnädigen Herrn! Und Dank für das Almosen! Der Herr Jesus mög's vergelten!« antwortete sie und begleitete ihn mit einem dankbaren Blick aus ihren entzündeten alten Augen.

Zwanzig Minuten später war Pomian schon in seiner Wohnung in der Quellenstraße. Józef empfing ihn, als wäre nichts vorgefallen, mit freundlichem, verständnisvollem Lächeln. Der getreue alte Diener wunderte sich über nichts mehr. Er hatte sich bereits so an die mannigfachen Merkwürdigkeiten und Überraschungen im Leben seines Herrn gewöhnt, daß er alles, was von der alltäglichen Norm abwich, als natürlich und selbstverständlich hinnahm. Was war schließlich auch Ungewöhnliches geschehen? Sein Herr war plötzlich für drei Monate verreist, man wußte nicht genau, wohin, er reiste ab, als es, die Wahrheit zu sagen, schon höchste Zeit dafür war, und kehrte ebenso unverhofft wieder zurück. Niemand ging das etwas an, keinem gereichte das zum Schaden. Und ihm, Józef, am allerwenigsten. Überdies waren diese »Abfahrten« und »Reisen« absolut nichts Neues. Alle paar Jahre, nach einer gewissen Zeit, wenn ihn etwas stark beschäftigt hatte oder wenn er über etwas sehr verärgert war, traten zunächst jene »Veränderungen« ein, die er, Józef, im stillen »Spähpatrouille« oder »Vorhut« nannte, danach folgten stets die »Abreisen« – und das war bemerkenswert – für ganze drei Monate. Der Diener hatte sich schon so daran gewöhnt, daß er sich eher gewundert hätte, wenn es mal anders gewesen wäre.

Daher hatte er auch diesmal die Rückkehr des Herrn seit ein paar Tagen schon erwartet und alles zu seinem Empfang vorbereitet. Wenige Minuten nach seiner Ankunft saß Pomian bereits gemütlich auf dem Sofa und trank seine Tasse schwarzen Kaffee, der Krönung und Finale seines zweiten Frühstücks war. Alsbald überfiel ihn nach den Anstrengungen der Reise eine solche Müdigkeit, daß er in Schlaf sank. Vorsichtig zog ihm Józef den noch brennenden Zigarrenstummel aus den erschlafften Fingern und schob ihm ein Sofakissen unter den Kopf.

Erst am späten Nachmittag weckte ihn das Geläut der Uhr vom Turm der Pfarrkirche. Er rekelte sich schlaftrunken auf dem Sofa und blickte dann durchs Fenster. Die Sonne neigte sich schon gen Westen und ergoß ihre Strahlen über die Dächer der Wohn- und Gotteshäuser. Ein trauriger, abschiednehmender Schein, der sich an eine Zimmerwand geschmiegt hatte, wanderte langsam nach oben in Richtung Decke, wurde zusehends blasser und erlosch.

Pomian erhob sich träge vom Sofa und ging zu seinem Schreibtisch. Auf der grünen Filzunterlage zeichnete sich deutlich, ja beinah herausfordernd, ein weißes papierenes Rechteck ab.

Ein Brief!?

Er nahm ihn in die Hand, zögerte zunächst. Sollte er ihn gleich öffnen oder lieber bis morgen warten? Vielleicht war es etwas Unangenehmes?

Doch der zarte Duft nach Veilchen, der dem Brief entströmte, wirkte verlockend. Er riß den Umschlag auf, warf einen Blick auf die Unterschrift und wunderte sich. Frau Amelia Pradera war die Absenderin, die Witwe des ermordeten Ministers.

Merkwürdig, dachte er und betrachtete ungläubig die schönen, sehr eigenwilligen Schriftzüge. Merkwürdig. Was mag diese Frau von mir wollen?

Und rasch überflog er den Inhalt des Briefes.

»Sehr geehrter Herr!« schrieb die Frau seines Widersachers. »In Erfüllung des Letzten Willens meines verstorbenen Mannes, möchte ich Sie gern sehen und ein paar Worte in einer wichtigen, meinen verstorbenen Mann betreffenden Angelegenheit mit Ihnen sprechen. Ich denke, der geeignetste Ort für unsere Begegnung ist mein Haus. Ich wäre Ihnen aufrichtig verbunden, wenn Sie die Güte hätten, mich an einem Mittwoch oder Sonnabend zwischen fünf und sieben Uhr nachmittags zu besuchen. Ich wohne zur Zeit Lindenstraße 23, erste Etage. Mit dem Ausdruck vorzüglicher Hochachtung

Amelia Pradera«

Sapristi! dachte Pomian, sah von dem Brief auf und wandte seinen Blick den Fluten des Sonnenuntergangs zu. Sie erfüllt seinen Letzten Willen! Sollte etwa Pradera, als er das Duell mit mir vorhatte, seinen Tod vorausgeahnt und ein Testament mit einer meine Person betreffenden Klausel hinterlassen haben? Doch warum meldet sie sich erst jetzt, wo doch seit dem Tod ihres Mannes 9 Monate vergangen sind? Warum hat sie mir nicht früher geschrieben? Sollte sie auch in dem Fall seinem Wunsch entsprochen haben? Was kann er denn überhaupt noch von mir wollen? Seltsam, höchst seltsam.

Er setzte sich an den Schreibtisch und dachte nach. Frau Amelias Brief frischte das mit der Zeit schon ein wenig verblaßte Gewirr der Gedanken und Gefühle, die mit dem geheimnisvollen Tod Praderas verbunden waren, wieder auf. Das Interesse für den »Fall« erwachte von neuem, Erinnerungen und Zweifel erhoben sich wie Phönix aus der Asche. Hatte er sich doch seit einigen Monaten mit der düsteren Affäre nicht mehr befaßt und nur zufällig aus den Zeitungen erfahren, daß die Ermittlungen fortgesetzt wurden, wenn auch weiterhin ohne greifbare Erfolge; angeblich hatte man sogar ein paar Leute festgenommen, die verdächtig waren, den Anschlag auf den hervorragenden Staatsmann verübt zu haben, sie später jedoch mangels Beweisen wieder auf freien Fuß setzen müssen.

Überhaupt befand sich die Angelegenheit, soweit er unterrichtet war, gegenwärtig im Stadium anhaltender Stagnation; wie es so geht, war auch sie am Ende von der Tagesordnung gestrichen worden, und immer seltener verlor sich noch ein Echo darüber in die Spalten der Tagesblätter. Desungeachtet war Pomian zutiefst überzeugt, daß Polizei und Justizbehörden nicht so rasch die Ermittlungen einstellen würden und daß die »üble Geschichte« früher oder später noch einmal aufgerollt werden würde.

Er senkte nachdenklich den Kopf und überflog noch einmal kurz den Inhalt des Briefes. Dabei prägte er sich besonders die Einladung ein: ». . . an einem Mittwoch oder Sonnabend zwischen fünf und sieben Uhr.«

»Heute ist ja ein Sonnabend!«

Er blickte zur Uhr.

»Sechs. Also noch Zeit.«

Er klingelte nach Józef.

»Mein Jackett und die Lackschuhe.«

Gegen halb sieben drückte er auf den Klingelknopf zu der Wohnung in der Lindenstraße Nr. 23 in der ersten Etage.

Ein gutgebautes, schwarzäugiges Zimmermädchen öffnete. Er lüftete den Hut.

»Ist die Dame des Hauses zugegen?«

Das Mädchen zögerte.

»Die gnädige Frau empfängt heute nicht«, antwortete sie abweisend.

Da gab er ihr seine Visitenkarte und drückte ihr gleichzeitig eine Banknote in die Hand.

»Vielleicht sind Sie so freundlich und geben der gnädigen Frau meine Karte.«

Das kockette Köpfchen mit dem weißen Spitzenhäubchen verschwand hinter der Tür, um nach einigen Minuten mit einem bezaubernden Lächeln auf den Lippen wieder aufzutauchen.

»Die gnädige Frau läßt bitten.«

Sie ließ den Gast ein und führte ihn in einen Salon auf der rechten Seite.

»Bitte sehr. Die gnädige Frau wird gleich kommen.«

Er setzte sich an den runden Tisch im Salon und griff mechanisch nach einem Fotoalbum. Sein Interesse wurde sogleich auf der ersten Seite gefesselt. Aus dem Papprahmen strahlten ihm Pradera und seine Frau entgegen. Es war offenbar ein Hochzeitsfoto, denn beide waren in Festkleidung, die Braut, den Kopf an des Bräutigams Schulter gelehnt, blickte voller Glück und Vertrauen in die Zukunft. Der Bräutigam mit der Pomian so bekannten und verhaßten Visage lächelte herausfordernd mit der Miene eines Eroberers und Triumphators.

»Sic transit gloria mundi«, dachte er, während er das Gesicht des Feindes betrachtete.

Indem hörte er über sich das Knistern von Seide. Er drehte sich um und erhob sich.

Sie antwortete auf seine tiefe Verbeugung mit einem Neigen ihres hübschen, hellblonden Kopfes. Ohne ihm die Hand zu reichen, wies sie auf einen Platz ihr gegenüber. Sie setzten sich und maßen einander lange mit Blicken.

Zum erstenmal im Leben konnte Pomian sie aus der Nähe betrachten, bisher hatte er sie zweimal gesehen, aber nur flüchtig. Einmal umgeben von einer Schar Gäste in einem Ballsaal in der französischen Botschaft, beim zweitenmal während einer feierlichen Parade, als sie an der Seite ihres Mannes an ihm vorbeifuhr.

Amelia Pradera war ein prachtvolles Weib; *une femme superbe* im wahrsten Sinne des Wortes: groß, von tadelloser Figur, mit dezentem, aber deshalb nicht minder reizvollem Busen hatte sie anmutige Bewegungen, wiegte sich leicht in den Hüften, deren wunderbare, verführerische Formen das enganliegende Trauerkleid besonders betonte. In einem eigenwilligen Kontrast zu der üppigen, reizvoll erblühten Gestalt stand das Oval des rassigen Gesichts mit der Adlernase und den ein wenig zu scharfen Zügen. Sie wurden gemildert durch die dunklen Augen, die wundersam glänzten und ebenso schmachtend wie feurig blicken konnten. Die Haut, brünett, wie selten bei Blondinen, harmonierte in eigenartiger Weise mit dem hellen, goldblonden Haar.

Ihre außerordentliche Schönheit wirkte sehr stark auf die Sinne, rief aber zugleich unklare Gefühle von Unruhe und Bewunderung hervor. Die schöne Dame gehörte zu jenen Frauentypen, die zwar beim anderen Geschlecht Begehren wecken, die sich aber gleichzeitig mit dem Pathos der Distanz umhüllen. Aus unerklärbarem Grunde befürchtet ein Mann, der sich in eine solche Frau verliebt hat, mit der körperlichen Eroberung eine Art Heiligenschändung zu begehen – ein Umstand, der das geschlechtliche Verlangen nur noch verstärkt, jedoch auch gebietet, die Grenzen nicht zu überschreiten und sich somit in einem quälenden Schwebezustand zu halten. In Amelia Pradera vereinten sich in ungewöhnlicher Weise einander entgegengesetzte Elemente: Sie hatte etwas von einem keuschen Engel und etwas von einem wollüstigen, zu orgiastischem Wahn fähigen Weib.

»Ich habe Ihrem Wunsch entsprochen, gnädige Frau, und bin gekommen«, unterbrach Pomian das schon ein wenig peinlich gewordene Schweigen.

»Danke«, erwiderte sie mit klangvoller Altstimme. »Ich möchte Ihre Geduld nun nicht weiter auf die Probe stellen und sage Ihnen gleich, worum es geht ... Ein paar Tage nach dem Tod meines Mannes fand ich in seinem Schreibtisch unter diversen Schriftstücken zwei Briefe: Einer ist an mich gerichtet, der andere an Sie. In dem an mich gerichteten äußert mein Mann in Form eines Letzten Willens den Wunsch, daß ich nach Ablauf von sechs Monaten nach seinem Ableben diesen Brief an Ihre Adresse schicken möge.«

Und mit zitternder Hand übergab sie ihm den Brief. Pomian nahm ihn, legte ihn sorgfältig in seine

Brieftasche, erhob sich und machte eine Abschiedsverbeugung.

Mit einer Handbewegung gebot sie ihm Einhalt.

»Ich habe noch eine bescheidene Bitte.«

»Die wäre.«

»Lesen Sie den Brief gleich jetzt. Vielleicht wird eine sofortige Beantwortung des Inhalts notwendig sein.«

Er sah sie verwundert an.

Sollte sie den Inhalt kennen?

Frau Amelia errötete leicht unter diesem forschenden Blick.

»Nein«, sagte sie bedauernd, »es ist nicht das, was Sie vermuten. Bitte, nehmen Sie wieder Platz und lesen Sie. Ich werde mich in der Zeit mit etwas anderem beschäftigen.«

Und mit schlecht vorgetäuschter Gleichgültigkeit begann sie in einem Buch zu blättern, das auf dem Tisch lag.

Pomian gehorchte, nahm den Brief aus dem Portefeuille und betrachtete ihn aufmerksam. Auf dem weißen, normgerechten Umschlag, der sorgfältig versiegelt war, stand auf der linken Seite die Anschrift, geschrieben von der ihm so wohlbekannten energischen Hand. Nach einer Weile des Zögerns erbrach er das Siegel und begann zu lesen:

»W. den 22. September 19 . . .

Pomian!

Sicher wird Dich die Bitte, mit der ich mich wenige Stunden vor dem für uns beide so entscheidenden Moment an Dich wende, verwundern. Doch ich glaube, daß ich, wenn Du diesen Brief liest, nicht mehr unter den Lebenden weilen werde und nicht mehr Rücksicht auf Konventionen zu nehmen brauche, die den Menschen im Leben Zwänge auferlegen.

Zudem habe ich keinen anderen Ausweg, keine andere Möglichkeit.

Sollte ich im Duell fallen, bitte und beschwöre ich Dich angesichts unserer großen Feindschaft, im Namen unseres hehren unversöhnlichen Antagonismus – kümmere Dich um Amelia! Ich vertraue sie Dir an voller Zuversicht, daß Du meine Hoffnung nicht enttäuschen wirst, denn ich bin zutiefst davon überzeugt, daß Du, nur Du allein in der Lage bist, mich zu vertreten. Leb wohl!«

Als Pomian den Brief gelesen hatte, konnte er die Augen noch lange nicht von ihm lösen. Die letzten Worte des erbitterten Feindes klangen so unwahrscheinlich, daß er ihre äußeren Zeichen wie verworrene, phantastische Hieroglyphen betrachtete. Bis er Amelias schweren Blick auf sich fühlte.

Er hob die Augen.

»Haben Sie alles gelesen?« fragte sie mit einem Anflug von Ungeduld.

»Ja, gnädige Frau.«

»Und haben Sie mir nichts zu sagen?«

Er warf einen forschenden Blick auf ihr Gesicht; gern hätte er gewußt, was in dieser stolzen Person vorging.

Ob sie wußte, was Pradera geschrieben hatte? Ob sie ahnte, welcher Art diese Bitte war?

Doch im Gesicht der schönen Witwe las er nur ängstliche Unruhe. Da faßte er einen plötzlichen Entschluß. Er sah die vor ihm sitzende Frau mit einem langen Blick an und sagte mit fester Stimme: »Der letzte Wunsch Ihres Mannes soll erfüllt werden.«

»Ich danke Ihnen.«

Sie reichte ihm die Hand. Er nahm sie und führte sie an die Lippen.

»Seltsam«, sagte er eine ganze Weile, nachdem er

ihre Hand schon freigegeben hatte, gerührt. »Wissen Sie eigentlich, gnädige Frau, wie mein Verhältnis zu dem verstorbenen Minister war?«

»Ich weiß. Sie haben sich gegenseitig auf so manchem Schlachtfeld bekämpft.«

»Wir waren Todfeinde, gnädige Frau.«

»Das weiß ich. Ich weiß *alles.* Ich weiß sogar, was am Abend vor seinem Tode zwischen Ihnen beiden vorgefallen ist.«

»Sogar das?«

»Ja. Kazik hatte keine Geheimnisse vor mir. Und ich weiß auch, daß Sie sich an jenem schrecklichen Morgen hinter der Stadt duellieren wollten.«

Pomians Verwunderung wuchs mit jeder Minute. Er begriff nicht, wie sie trotz allem mit ihm so ungezwungen sprechen konnte.

»Und nach alledem empfinden Sie keinen Groll gegenüber dem Feind Ihres Mannes?« fragte er, nicht länger mit seinen Zweifeln hinterm Berg haltend.

Über Amelias Gesicht huschte ein seltsames Lächeln.

»Darüber habe ich mir vorläufig noch keine Gedanken gemacht«, sagte sie ausweichend. »Bitte vergessen Sie nicht, daß ich ja lediglich seinen Letzten Willen erfülle. Allein die Tatsache, daß sich mein Mann in solch einem Augenblick an Sie gewandt hat, beweist doch am besten, daß er zu Ihnen volles Vertrauen hatte, daß er Sie offenbar trotz allem sehr schätzte ... Doch um auf die uns direkt betreffende Sache zurückzukommen: Kann ich Ihnen in irgendeiner Weise bei der Realisierung des Letzten Willens von Kazik behilflich sein?«

Pomian mußte lächeln. Die Situation hatte etwas Groteskes.

»Ich glaube, mir bleibt nichts anderes übrig, als Sie mit dem Inhalt des Briefes vertraut zu machen: Ein

Spiel mit offenen Karten wird in diesem Falle das Angemessenste sein.«

Und er gab ihr den Brief zu lesen. Eilig griff sie nach dem Bogen und überflog ihn rasch. Pomian studierte indessen aufmerksam ihren Gesichtsausdruck. Zuerst spiegelte sich Verwunderung, danach wahnsinnige Wut und Empörung, schließlich boshaft lächelnder Sarkasmus. Eine ganze Skala von Empfindungen huschte über das bernsteinfarbene Gesicht der schönen Witwe, um zu guter Letzt einem höhnischen Ausdruck Platz zu machen. In ihren Augen flackerten ungute Lichter, vor denen er auf der Hut sein mußte. Diese so schöne Frau wirkte im Augenblick fast abstoßend. Unwillkürlich rückte er von ihr fort, wie von einer unsichtbaren Kraft geschoben.

Ich glaube, ich habe falsch gehandelt, dachte er im stillen. Doch gleichviel. Wenigstens wissen wir beide, woran wir sind. Besser so, als Blindekuh spielen. Und laut fügte er hinzu: »Mir scheint, es wäre besser gewesen, Ihnen den Brief nicht zum Lesen zu geben. Ich habe den Eindruck, daß der Inhalt eine unangenehme Überraschung für Sie war.«

»Im Gegenteil. Ich bin Ihnen von Herzen dankbar dafür. So werden wir demnach Freunde sein, Herr Tadeusz?«

Pomian war verblüfft. Vor ihm stand im Abglanz der untergehenden Sonne eine ganz andere Frau. Das boshafte Flackern von vorhin war spurlos aus ihren Augen verschwunden. Mit kokettem, fast zärtlichem Lächeln sah sie ihm ins Gesicht und reichte ihm ihre schmale gepflegte Hand.

»Wir werden demnach Freunde sein, nicht wahr?« wiederholte sie mit einem schmachtenden Blick.

»Ich will versuchen, mich Ihrer wertvollen Freundschaft würdig zu erweisen«, entgegnete er fast mechanisch.

»Also dann auf Wiedersehen am nächsten Mittwoch zwischen fünf und sieben.« Und sie unterstützte die Einladung mit einem bezaubernden Lächeln.

»Ich werde ganz bestimmt zur Stelle sein«, versicherte er und führte ihre Hand an die Lippen.

Wie betäubt ging er hinaus, von einander widersprechenden Gefühlen und Empfindungen beherrscht ...

Die »Freundschaft« mit Praderas Witwe gebot Vorsicht. Sie war zu leicht und zu unerwartet zustande gekommen, als daß man an ihre Aufrichtigkeit hätte glauben können. Überdies war sie eine Art Vermächtnis eines verhaßten Menschen, an dessen Gefühlen für ihn zumindest nicht zu deuteln war. Das wußte Pomian allzu genau, und er gab sich da auch keinen Täuschungen hin. Nachdem sich die erste Verblüffung über den Inhalt des Briefes und das Verhalten Amelias gelegt hatte, ging er die Angelegenheit mit Besonnenheit und ruhiger Überlegung an. Er analysierte sie bis in ihre Grundfesten, dehnte die Maschen des feinen Gewebes der Gedanken seines Feindes und versuchte es zu durchschauen. Aus der Perspektive des Jenseits zeigte sich ihm das schöne, kräftige, fast ein bißchen brutale Gesicht des Rivalen und verzog sich zu einer höhnischen Fratze. Seine Versöhnungsgeste wirkte verlogen und plump.

Du wirst mich nicht hinters Licht führen, Freund!

Ob sie die Absicht ihres Mannes verstanden hatte? Hatte sie beschlossen, im Sinne seiner Pläne zu wirken? Jenes geheimnisvolle Lächeln, das sich nach dem Lesen des Briefes auf ihrem Gesicht ausgebreitet und die Spuren der vorangegangenen Gefühle überspült hatte, schien dafür zu sprechen. Wenn dem wirklich so war, wäre Amelia eine würdige Partnerin ihres Mannes gewesen. Das Spiel versprach allerdings für sie gefährlich zu werden, denn es drohte der Verlust ihrer weiblichen Ehre, aber gerade aus dem Grund war es auch gleichermaßen riskant für Pomian. Pradera wußte doch, was er tat, und hat den Wert des Opfers, das er seinem männlichen Ehrgeiz brachte, durchaus richtig eingeschätzt. Der Einsatz war hoch, denn es ging nicht um irgend etwas. Er hat seine Frau geopfert, um noch aus dem Jenseits dem verhaßten Gegner einen Schlag zu versetzen. Offenbar hielt er Amelia für ein würdiges Werkzeug seiner Rache, das zehnjährige Zusammenleben mit ihr hat ihm vermutlich Gelegenheit gegeben, alle ihre diesbezüglichen »Vorzüge« genauestens kennenzulernen. Vielleicht aber hat er selber sie erst kultiviert? Wer kann sich dafür verbürgen, ob Amelia nicht das geistige Kind des mächtigen Ministers ist? Dieses prachtvolle rassige Weib, wie geschaffen dafür, Macht auszuüben und Huldigungen entgegenzunehmen, kann doch von dem Toten geformt worden sein? Als er sie vom Traualtar weg in seine männlichen Arme nahm, zählte sie knapp siebzehn Jahre. Seitdem sind zehn Jahre ehelichen Zusammenlebens vergangen – zehn Jahre lang hat er durch seine übermächtige Individualität auf sie eingewirkt, auf ihre zarte mädchenhafte Seele, hat sie geprägt, hat sie zur Frau gemacht ... Praderas Einfluß mußte tiefe und dauerhafte Spuren hinterlassen haben. Pomian bezweifelte nicht, daß er früher oder später auf diese Spuren stoßen würde. Er ahnte im voraus, daß sie ihn in ihre Machtsphäre hinüberziehen wollte. Dennoch nahm er den in hinterhältiger Absicht geworfenen Handschuh auf. Die Belohnung im Falle des Sieges war zu verlockend, um der Herausforderung zu widerstehen. Daher begann er das Spiel mit Bedacht und in aller Vorsicht, fest entschlossen, sich nicht vom Sturm der entfesselten Sinne hinreißen zu lassen ...

Am nächsten Mittwoch empfing sie ihn wie einen alten Bekannten. Rosig angehaucht, lächelnd und duftend kam sie ihm aus ihrem Boudoir entgegen. Der blütenweiße, tief ausgeschnittene Kimono erlaubte ihm, so oft sie sich vorneigte, ihre Brüste zu bewundern, makellos geformt und fest wie die eines jungen Mädchens. Die bei lebhafteren Bewegungen hochrutschenden Ärmel enthüllten seinem Auge ihre vollen, bernsteinfarbenen, mit goldenem Flaum bedeckten Arme.

Nach einer viertelstündigen, ziemlich banalen Unterhaltung über alles und nichts brachte das gutaussehende Zimmermädchen, die schwarzlockige Justyna, dieselbe, die ihm beim ersten Besuch die Tür geöffnet hatte, ein Tablett mit Tee. Pomian fing ihren Blick auf, der mit lästiger Penetranz auf ihn gerichtet war. Er hatte den Eindruck, daß ihm das Mädchen nicht wohlwollte.

»Ist Justynka schon lange bei Ihnen?«

»Seit ein paar Monaten«, antwortete sie, ihn aufmerksam ansehend. »Gefällt sie Ihnen?«

»Nichts dergleichen. Es ist nur, weil ich den Eindruck habe, daß das Mädchen mich nicht gern bei Ihnen sieht.«

Sie lächelte gekünstelt, eine plötzliche Verlegenheit überspielend. »Wie kommen Sie darauf? Das scheint Ihnen nur so.«

»Durchaus möglich.«

»Übrigens sollten wir uns dadurch keineswegs irritieren lassen.« Und schon ging sie zu einem anderen Thema über. Gegen sieben Uhr, als es zu dämmern begann, schlug sie ihm vor, den Abend gemeinsam im Zirkus zu verbringen. Er war einverstanden, wenn auch nicht begeistert von dem Vorschlag, denn er mochte solche Art Zerstreuung nicht. Wenige Minuten später brachte das Auto sie in Richtung Solarny-Platz.

Während der Fahrt merkte Pomian ein paarmal, wie sie sich unauffällig ohne ersichtliche Notwendigkeit bei den federnden Schwingungen des Wagens mit der ganzen Last ihres berauschenden Körpers gegen ihn sinken ließ. Zufällig oder mit Vorbedacht trafen sich ihre Beine, als der Wagen in scharfer Kurve von der Senatoren- in die Grünstraße einbog, und ihre Knie blieben einen langen, beglückenden Augenblick eng beisammen.

Kurz nach acht saßen sie bereits nebeneinander in einer der Logen im ersten Rang. Wäre nicht diese hinreißende Frau an seiner Seite gewesen, Pomian hätte sich zu Tode gelangweilt. Das stereotype Programm voller plumper, nervenkitzelnder Effekte irritierte und ermüdete ihn. Wenigstens konnte er Amelia ungezwungen beobachten.

Sie schien den Verlauf der zirzensischen Vorführungen mit echter Hingabe zu verfolgen. Besonders eine, am Ende des Programms, fesselte ihre Aufmerksamkeit. Es war dies eine überaus schwierige und riskante Übung am Trapez ganz oben unter dem Zirkuszelt.

Drei Akrobatinnen zeigten ihr Können: zwei ältere, etwa dreißigjährige, gutgebaut, mit athletischen Figuren, und eine dritte, junge, höchstens zwanzigjährige, schlank und biegsam wie eine Gerte. Ihr fiel die schwierigste Aufgabe bei der Nummer zu. Die schöne Esmeralda zeigte einige akrobatische Darbietungen auf der oberen Stange, stieß sich dann von ihr ab und schnellte in schräger Linie abwärts, in die Arme einer der beiden sie am unteren Trapez erwartenden Artistinnen. Nach kurzer Atempause brachten beide ihre Reckstange in pendelnde Bewegung, dabei aufmerksam die Neigungswinkel des in einigen Metern Entfernung auf gleicher Höhe angebrachten dritten Recks beobachtend, an dem ihre Gefährtin schwang. Im Moment der engsten Annäherung beider Reckstangen legte Esmeralda wie ein Pfeil im Flug die sie trennende Strecke zurück, und im kritischen Moment von der Kollegin an den Händen aufgefangen, fand sie kurze Zuflucht an ihrer Seite auf dem bewegten Gerät. Dann folgte der dritte, gefährlichste Teil der Übung. Nachdem sie sich von dem zweifachen höchst riskanten Flug durch die Luft ein wenig erholt hatte, stieß sich das tollkühne Mädchen mit einem mächtigen Schwung von dem sicheren Halt ab und schnellte mit vorgestreckten Armen hinauf zu ihrer Ausgangsstellung. Als sie das rettende Trapez ergriffen hatte, pendelte sie keuchend vor Erschöpfung eine Weile senkrecht hängend hin und her. Dann machte sie einen raschen Überschlag, zog den Körper bis in Bauchhöhe hoch und setzte sich mit einer geschickten Linksdrehung auf die eiserne Stange. Ihr kleines goldblondes Köpfchen neigte sich dem Zuschauerraum zu, und ihre Hand, die sie immer wieder an den lächelnden Mund führte, verteilte Kußhändchen. Die Antwort waren jedesmal enthusiastische Beifallrufe und stürmischer Applaus.

Doch die waghalsigen akrobatischen Übungen hatten sie sichtlich angestrengt. Nach dem mehrmaligen gefährlichen freien Flug durch die Luft machten sich Anzeichen starker Erschöpfung bemerkbar. Sie lächelte zwar dem jubelnden Publikum zu, doch es war ein gezwungenes Lächeln. Sie legte den müden Kopf an das eine Trapezseil, hielt es aber zugleich mit der Hand fest, um der beweglichen Stütze mehr Halt zu geben. Pomian wurde ganz eigen zumute. Er konnte dieses sinnlose Spiel mit dem Leben nicht mehr mit ansehen, er empfand für das blasse Geschöpfchen, das da mehrere Stockwerke hoch unter dem Zirkusdach saß, sowohl Mitleid als auch Zorn und Verachtung. Wenn es nach ihm gegangen wäre, hätte er ihr befohlen, unverzüglich an dem Hängeseil, das so verlokkend in ihrer Reichweite hing, in die Arena hinabzugleiten.

Doch der Zirkusdirektor im roten Jockeidress, Herr Gamastoni, der unten neben dem gespannten Netz stand und jede ihrer Bewegungen verfolgte, wollte die Hoffnungen des verehrten Publikums nicht enttäuschen, das programmgemäß eine vierte Vorführung des halsbrecherischen Akkrobatenstücks erwartete.

»Encore une fois! Noch einmal!« ermunterte er sie von unten her mit dem falschfreundlichen drohenden Lächeln eines Zirkustyrannen. *»Encore une fois, mademoiselle Esmeralda!«* . . .

Pomian wandte den Blick der schönen Gestalt Frau Amelias zu und erbebte unwillkürlich. Über die Logenbrüstung gebeugt, verschlang die bezaubernde Witwe die auf dem Trapez sitzende Akrobatin mit den Augen. Plötzlich fühlte er, wie ihre Hand die seine preßte, und hörte sie seltsame Worte flüstern: »Wie erschöpft sie ist! Wieviel Kraft wird die vierte Runde sie kosten. Was für ein Vergnügen! Was für ein herrliches Vergnügen!«

Und sie nahm die grellrote Rose von ihrem Busen und warf sie in die Richtung des Mädchens, das sich bemühte, die Schwäche zu überwinden.

»Encore une fois, belle Esmeralda!« ertönte in das Schweigen der plötzlich besorgten Zuschauermenge hinein ihre klangvolle Altstimme.

Die Rose und die Worte hatten eine magische Wirkung: Esmeralda überwand ihre Angst und flog zum viertenmal durch die Luft. Doch die übermenschliche Anstrengung verbrauchte den letzten Rest ihrer Kraft, zum Sprung auf das benachbarte Trapez war sie nicht mehr fähig; man mußte die halb Ohnmächtige mit Hilfe von Seilen in die Arena hinunterführen.

Pomian sah seine Begleiterin an.

»Es war nicht richtig, sie noch anzustacheln«, sagte er, Vorwurf im Ton.

»Meinen Sie?« entgegnete Madame Pradera und verblüffte ihn mit ihrem Blick, in dem wilde Freude flackerte. »Gerade das war herrlich!«

»Nein, es war brutal!« widersprach er mit Nachdruck.

»Sie sind heute schlecht gelaunt; in einer solchen Stimmung sollte man lieber daheim bleiben.«

Schweigend stiegen sie ins Auto und fuhren ab. Die Verabschiedung auf der Straße vor dem Gartentor ihres Hauses war kurz und kühl. Amelia lud ihn für den Sonnabend nicht ein. Und auch ihn drängte es nicht, sie so bald wiederzusehen. Die Szene im Zirkus hatte einen unangenehmen Nachgeschmack hinterlassen, der dem Appetit auf eine neuerliche Begegnung nicht förderlich war. Allzu rasch hatte sie vor ihm die Instinkte einer Raubkatze enthüllt. Das hätte in ihm animalische Sinneslust wecken können, aber es hatte vorerst nur seine humanistischen Ideale verletzt.

Schließlich ging er am Sonnabend wirklich nicht hin.

Zwei Tage später erhielt er ein Billet voller Vorwürfe und verletzter Eitelkeit.

Wart du nur noch ein Weilchen, dachte er, als er es gelesen hatte. Es wird dir nicht schaden, wenn du dich ein wenig in Geduld übst.

Und statt am Mittwoch ging er erst am Freitag in die Lindenstraße, an einem Tag also, an dem sie angeblich offiziell Gäste empfing.

Er mußte erst einige Male klingeln, ehe ihm geöffnet wurde. Überhaupt hatte er den Eindruck, daß an diesem Nachmittag Gäste hier nicht sehr erwünscht waren und nur ihm zuliebe eine Ausnahme gemacht wurde. Er hätte schwören mögen, daß er, bevor er hereingelassen wurde, durch das verglaste Guckloch über dem Briefkasten in der Tür ins Visier genommen wurde. Es schien ihm auch, als hörte er gedämpftes Flüstern im Korridor.

Als geöffnet wurde, stand zu seiner Verwunderung Amelia an der Tür. Die gnädige Frau höchstpersönlich geruhte ihn einzulassen! Das war in einem Hause, wo man auf Formen hielt, recht ungewöhnlich. Pomian konnte auch nicht umhin, sein Erstaunen darüber auszudrücken.

»Justynka ist erkrankt, ich muß sie vertreten«, erklärte sie ein wenig verlegen, während sie hinter ihm die Tür abschloß.

Sie lügt, dachte er und zog seinen Überzieher aus.

Als Amelia voranging, um den Gast in den Salon zu führen, sah Pomian im Spiegel an der linken Wand des Vorraums durch die angelehnte Küchentür Justynka. Sie stand in Unterwäsche, barfüßig, mit aufgelösten Haaren und mit roten Flecken auf dem durch Wollust oder Schmerz veränderten Gesicht. Das an der Seite zuzuknöpfende Hemd war ihr von der Schulter gerutscht und entblößte die Brust des Mädchens, prall wie eine saftige Beere. Die Brust war blutverschmiert; ein paar rubinrote Tropfen, wie durch einen Stich mit der Nadel oder einem anderen spitzen Gegenstand hervorgerufen, glühten neben der rechten Brustknospe. Justynka, in die Betrachtung der verletzten Stelle versunken, merkte nicht, daß sie beobachtet wurde.

Pomian tat so, als hätte er nichts wahrgenommen, und folgte Amelia schweigend in das Wohnzimmer. Eine Unterhaltung wollte sich zunächst nicht so recht ergeben. Er spürte, daß er ungelegen kam und sie bei etwas gestört hatte. Amelia schien, irgendwie verwirrt, seinen Blick verschämt zu meiden. Erst beim Kaffee, den sie eigenhändig auftrug, hob sich die Stimmung ein wenig. Die angespannte Situation lockerte sich, und die Dame des Hauses begann, nachdem sie sich aus der Verkrampfung gelöst hatte, ein lebhaftes Gespräch über literarische Neuerscheinungen.

Amelia erwies sich als außerordentlich belesen, wenn auch auf sehr einseitige Weise. In der literarischen Kunst fesselten sie nur Körper und Geschlechtlichkeit; sexuelle Probleme, besonders Erscheinungsformen anormaler und perverser Liebe, regten ihre Phantasie an; mit subtileren und höheren Phänomenen des Lebens schien sie hingegen nichts im Sinne zu haben.

Pomian entging nicht, daß sie ihn in ihre eigene Interessensphäre hineinziehen wollte, wobei sie seine Einstellung und seine geistigen Neigungen völlig ignorierte. Er merkte die Absicht und lächelte im stillen, voller Nachsicht gegen diese schöne Frau. Ihn amüsierten ihre Anstrengungen, die deutlich darauf hinzielten, ihn nach ihrem Bilde zu formen. Was konnte es ihm schon ausmachen, wenn es diesem Rasseweib eine Zeitlang so vorkommen mochte, als befände er sich unter ihrem Einfluß? Er markierte zunächst sogar den Unerfahrenen auf diesem Gebiet und gab vor, sich nach ihrem Muster erziehen zu lassen. Bald gelangte er zu der Überzeugung, daß die Sinnlichkeit der Madame Pradera brutaler Natur sein mußte und Opfer forderte.

»Ich habe da für Sie ein bemerkenswertes Buch«, sagte sie plötzlich mitten im Gespräch. »Ich denke, daß es Sie interessieren wird. Es ist dort unten im Schrank. Sehen Sie es sich doch bitte einmal an; in der dritten Reihe rechts, es ist in rotes Leder gebunden. Ich werde Ihnen indessen meine geliebte ›Appassionata‹ vorspielen, sie soll Ihrer Lektüre als stimmungsvoller Hintergrund dienen.«

Sie setzte sich an den Flügel und schlug die ersten Akkorde der Sonate an. Pomian ging hinüber zum Bücherschrank und öffnete die Schranktür mit den grünen Mattglasscheiben.

Die Sammlung war nicht umfangreich, aber gediegen. Es überwogen die französischen Klassiker, unter ihnen Kenner der Liebe und des Geschlechtstriebs. So der derbe und zügellose Rabelais und der frivole Brantôme, die profunden *connaisseurs des affaires d'amour* Maupassant und Flaubert, der tiefschürfende Balzac und der realistische Zola, der dämonische Huysmans, der ausschweifende Prévost und der lüsterne Pierre Louys. Unter den Schriftstellern anderer Nationalität nahmen einen ehrenvollen Platz Boccacio und Pietro Aretino ein, sowie der moderne *commediante,* der sinnliche und seichte Gabriele d'Annunzio, der von Zeit zu Zeit seinen welkenden »Ruhm« mit neuen albernen Effekthaschereien zum Erblühen bringen wollte, die die europäischen Zeitungen auch sofort aufgriffen und in alle vier Himmelsrichtungen ausposaunten. Er fand auch August Strindberg, den imposanten und düsteren »Skalden des Nordens«, und den großen Misogynen Otto Weininger.

Sehr viel schien Frau Amelia die Liebeslyrik der Sappho aus Lesbos zu bedeuten. Die Werke der griechischen Dichterin in polnischer, französischer und deutscher Übersetzung fielen auf durch ihre auserlesene und geschmackvolle Aufmachung.

Ein spezielles Fach war den perversen Autoren vorbehalten, deren Leben, reich an sexuellen Besonderheiten und Abarten, sich aus Rücksicht auf die Zensur in ihren Werken nur partiell widerspiegelte. Nicht alles, was er hier antraf, war von künstlerischem Niveau, die Bücher mancher Vertreter dieser Art Literatur hatten wohl nur speziellen psychiatrischen Wert als interessante Beispiele von Auswüchsen und Abweichungen des Geschlechtstriebes.

Aber auf eben dieses versteckte Fach in ihrer Bibliothek hatte Frau Amelia ihren Gast hingewiesen. Hier standen neben den ausführlichen Abhandlungen des illustren Dekadenten Sacher-Masoch zwei in rotes Saffianleder gebundene Bände. Weder Titel noch Name des Autors waren außen auf dem Einband ersichtlich; der bescheidene Herausgeber hatte sie schamhaft auf der Innenseite versteckt, damit sie nicht unnötig Aufsehen erregten.

Pomian nahm einen Band zur Hand und schlug ihn auf.

»Hundertzwanzig Tage Sodom oder die Schule der Ausschweifung«, las er den Titel auf der ersten Seite.

Ein verheißungsvoller Anfang, dachte er, als er die obszöne, wenngleich großartig gefertigte Vignette betrachtete. Dazu der noch verheißungsvollere Name des Autors!

Es handelte sich um den Marquis de Sade. Das Buch, das vor ihm lag, gehörte zu den bibliographischen Raritäten. Es war eines der verbotenen, auf dem Index stehenden Werke, die man nur in ganz geringer Auflage druckte und heimlich in eingeweihten und diskreten Kreisen vertrieb. Der perverse Autor hatte es angeblich während seiner Haft in der Bastille auf einen schmalen, 121 Meter langen Streifen Papier geschrieben, den man dann in Gottes Welt heraus schmuggelte, zur Freude aller Wollüstlinge und Psychopathen. Pomian hatte von der Existenz eines solchen Werkes gehört, aber es war ihm bislang noch nicht in die Hände gekommen.

Unwillkürlich drehte er Amelia, die nach wie vor Beethovens »Appassionata« spielte, den Rücken zu und begann zu blättern. Die Illustrationen waren von erstaunlicher, keinen Hemmungen unterworfener Schamlosigkeit – der Text, bar jeden künstlerischen Werts, obwohl vom Syntaktischen und Orthographischen her korrekt, bestand aus der Geschichte von 120

Tagen, die ein paar bejahrte perverse Männer in einem weltabgeschiedenen Schloß verbrachten, wo sie hemmungslos ihren abartigen und krankhaften Gelüsten die Zügel schießen ließen. Der Autor, in sexueller Hinsicht selbst ein erklärter Psychopath, hatte in diesem Werk alle nur möglichen Spielarten erotischer Perversität, die sich eine ausschweifende Phantasie vorstellen kann, zusammenfassen wollen.

Nachdem Pomian ein paar Abschnitte gelesen hatte, empfand er ein Gefühl des Ekels und der Ermüdung – die scheußlichen Szenen jener Orgien im Schloß wiederholten sich mit geringen Abweichungen und endeten immer in etwa gleicher Weise ... Das Fehlen künstlerischer Invention konnte der Marquis de Sade durch die Schamlosigkeit eines Wüstlings nicht wettmachen.

Er wollte das Buch schon beiseite legen, als eine sittenlose, kühn ausgeführte Illustration auf der letzten Seite seine Aufmerksamkeit von neuem fesselte. Über die wunderbare Heliogravüre gebeugt, vertieft in die Betrachtung der raffinierten Liebkosung, mit der eine Frau den auf ihrem Bettrand sitzenden Mann bedachte, war ihm nicht bewußt geworden, daß Amelia aufgehört hatte zu spielen. Plötzlich spürte er streichelnde Hände an seinen Armen und heißes Atmen an seinem Gesicht.

»Gut gemacht, nicht wahr?« hörte er sie leise und glutvoll fragen.

»Sagenhaft!«

Außerstande, seine aufwallende Leidenschaft zu beherrschen, neigte er den Kopf zur Seite und fand mit den Lippen ihren Mund ...

Unerwartet ging die Tür zum Vorraum auf, und Justynka trat ein. Die schönen schwarzen Augen der Kammerzofe sahen sie beide mit unverhohlenem Zorn an.

»Ah«, stieß sie zwischen den zusammengebissenen Zähnen hervor. »Ich hatte keine Ahnung, daß ich stören würde ...«

Pomian war sprachlos. Die Dreistigkeit des Mädchens überstieg jedes Maß. Das Blut schoß ihm in den Kopf, er wollte auffahren, doch Amelia hielt ihn zurück.

»Laissez!« flüsterte sie eindringlich. *»C'est mon affaire.* Justynka, gehen Sie in Ihr Zimmer und legen Sie sich schlafen«, wandte sie sich unerwartet sanft und versöhnlich an das Zimmermädchen. »Und betreten Sie den Salon künftig nicht unaufgefordert.«

Justynka schien die Worte ihrer Herrin nicht zu verstehen, denn sie stand noch eine Weile an der Tür und maß die beiden mit bösen Blicken. Schließlich lachte sie hysterisch auf und verschwand.

»Sie ist eifersüchtig«, sagte er und verzog peinlich berührt das Gesicht.

»Was für ein Gedanke!« widersprach sie energisch, doch unter seinem Blick errötend. »Sie ist lediglich ein wenig exaltiert. Ansonsten ist sie ein anständiges Mädchen.«

Er antwortete nicht, wollte das heikle Thema nicht noch länger erörtern. Im übrigen hatte das »exaltierte« Mädchen ihnen den Rest des Abends verdorben, der so verheißungsvoll begonnen hatte ...

Dennoch hatte jener Kuß für Pomian die »Pforten des Paradieses« geöffnet. Während des nächsten Stelldicheins gab sich ihm Amelia vorbehaltlos hin. Ihre Leidenschaft riß ihn mit. Nach Stunden berauschender Liebkosungen verließ er sie wonnetrunken und mit verwirrten Sinnen.

Es begann eine Phase wilden, unwahrscheinlichen Glücks.

Er vermochte kaum zu glauben, daß man mit einer

Frau, die einen nicht liebt, so glücklich zu sein vermag.

Denn von Liebe konnte zu dem Zeitpunkt zwischen beiden nicht die Rede sein. Da war nur das Verlangen, das bei ihm durch ihre ungewöhnlichen körperlichen Reize ausgelöst wurde, bei ihr vermutlich durch die Entbehrungen des Witwendaseins bedingt war. Diese überaus sinnliche Frau konnte einfach nicht längere Zeit ohne männliche Zärtlichkeit auskommen.

Nach der Zeit der ersten Verzückung wollte Amelia die führende Rolle in ihrem Verhältnis beanspruchen und selbst die Fäden in der Hand halten. Da aber stieß sie auf seinen starken, entschiedenen Widerstand.

Unversehens entbrannte zwischen beiden ein stiller, doch verbissener Kampf, der bald auf zwei Ebenen geführt wurde: die eine waren ihre erotischen Kapricen, die zweite war ihr deutlicher Wunsch, den Geliebten von seinen bisherigen Zielen und Lebensmaximen abzubringen und ihn in den engen Kreis sexueller Befriedigung und Belange einzuschließen. Doch weder hier noch dort hatte sie Erfolge zu verbuchen. Pomian war leidenschaftlich, konnte wie eine Fackel lodern, konnte aber auch hart und unnachgiebig wie Stahl sein. Immer wenn die Geliebte die von ihm gesteckten Grenzen überschreiten wollte, gebot ihr eine unsichtbare Macht auf halbem Wege Einhalt und wies sie in die Schranken. Besonders ärgerte sie seine Unzugänglichkeit für gewisse sexuelle Spiele, die sie einzuführen versuchte. Er verschloß sich allem, was sie ihm beibringen wollte. Pomians gesunde und normale Erotik setzte ihren Exzentrizitäten und Raffinessen einen natürlichen Widerstand entgegen, beleidigten sie doch seine Männlichkeit und menschliche Würde. Amelia mußte sich mit unschuldigen Surrogaten begnügen, die für sie nur ein schwacher

Abglanz der »tolleren Dinge« waren. Trotz aller Leidenschaft, die er für sie empfand, ließ er sich kein einziges Mal zu Brutalitäten verführen.

Es gelang ihr auch nicht, ihn von seinem einmal gewählten Weg abzubringen und seine geistigen Höhenflüge in irdische Pfühle zu lenken. Daß sie sein schöpferisches poetisches Wirken ignorierte und seine Erfolge auf diesem Gebiet für nicht weiter beachtenswert hielt, quittierte er mit einem nachsichtigen Lächeln. Sie liebten sich ja nicht, begehrten einander nur, was sollte ihm da schon viel an ihrer Einschätzung, an ihrer guten Meinung liegen? Er mußte ihr lediglich dankbar sein für das volle Lebensgefühl, für die Stärkung seiner vitalen Kraft, die er ihrer Leidenschaft zu danken hatte. Was konnte er von dieser Frau noch mehr erlangen?

Nichts. Absolut nichts.

Auch konnte sie ihm nicht seine Zeit stehlen, die kostbare Zeit, die er, der Künstler, so genial zu nutzen verstand. Trotz ihrer sichtlichen Bemühungen vermochte ihre Person ihn nicht in jeder Sekunde bis zum Rande auszufüllen. Er blieb er selbst und ließ es zu keiner gefährlichen Osmose kommen: Es sickerte nichts von ihrem seichten Ich in ihn ein. Das fühlte sie, und es kränkte ihre weibliche Eitelkeit empfindlich. Andererseits hielt sie das körperliche Verlangen nach dem Geliebten und die Unlust, neue Bekanntschaften zu schließen, vorläufig von heftigeren Reaktionen ab. Doch die Situation spitzte sich von Woche zu Woche zu, und eine Auseinandersetzung schien unvermeidlich. Bis es eines Tages gegen Ende August zur Entladung kam.

Pomian war an diesem Tage in hervorragender Stimmung. Sein letzter Roman war von der Kritik überaus wohlwollend aufgenommen worden, und in der Morgenausgabe einer Zeitung stand eine enthusiastische Einschätzung seines Werkes. Obwohl Amelia als Abonnentin der »Umschau« die Rezension zweifelsohne gelesen hatte, wahrte sie Schweigen über dieses Thema, machte nicht die geringste Andeutung. Also tat auch er nichts dergleichen, teilte die erfreuliche Neuigkeit nicht mit und lenkte die Unterhaltung in ganz andere Bahnen. Doch dachte er andererseits nicht daran, seine gute Laune und Genugtuung zu verbergen, was offenbar der Geliebten die Stimmung verdarb: Ein paarmal nahm er ihren ungnädigen Blick wahr.

Dennoch verflüchtigte sich der Unwille der schönen Dame abends gegen sieben Uhr, und sie schlug vor, ein Weilchen in ihrem sinnbetörenden Schlafzimmer zu verbringen.

Als wollte sie ihn für die anfängliche kühle Behandlung entschädigen, entfaltete Frau Amelia an diesem Abend den schier unerschöpflichen Reichtum ihrer Verführungskünste. In einem gewissen Augenblick, als ihre Beine und Arme miteinander verschlungen waren und sie zum drittenmal die Liebesgabe von ihm empfing, wurde ihr von der Glut des Blutes erhitzter Leib von krampfhaften Schauern erschüttert, und ihrer Brust entrang sich ein Schluchzen. Sie weinte vor Wollust.

Er preßte seine Lippen an ihren Schoß und ließ sie dann leidenschaftlich über ihren ganzen herrlichen Körper wandern ...

Plötzlich hob sie den Kopf vom Kissen und biß ihn so kräftig in den Arm, daß er einen Schmerzensschrei nicht unterdrücken konnte. Doch gleich darauf lächelte er, hielt das Taschentuch auf die blutende Stelle und fragte: »Bist du heute mit mir zufrieden, Mela?«

»Nicht ganz«, antwortete sie mit einem befremdenden Blick ihrer jetzt seltsam blitzenden Augen.

Und schon nahm sie aus dem Etui auf ihrem Nachttisch eine lange spitze Nadel mit Turmalinkopf und führte die Spitze an seinen Schenkel.

Sein Gesicht verfinsterte sich, er verließ das Lager, zog sich zurück und sagte streng: »Das werde ich niemals dulden. Du solltest endlich begreifen, daß du mich nicht mit Justynka verwechseln darfst. Überhaupt muß ich dir ein für allemal diese wilden, barbarischen Gelüste abgewöhnen.«

Wie von einem Peitschenhieb getroffen, sprang sie aus dem Bett und wies ihm mit zornsprühenden Augen die Tür.

»Justyna!« stieß sie mit wuterstickter Stimme hervor, »Justyna!«

Hinter der Portiere, die das Schlafzimmer vom Nebenraum trennte, zeichnete sich die Gestalt der schwarzlockigen Zofe ab.

»Die gnädige Frau wünschen?«

Doch die Nervenanspannung war zu groß. Kreidebleich, konvulsivisch zuckend, ließ sie sich wieder zurückfallen und blieb quer über das Bett hingestreckt in der ganzen Pracht ihres nackten Körpers liegen.

»Jesus Maria!« schrie Justynka auf und durchbohrte Pomian mit haßerfüllten Blicken. »Was haben Sie angerichtet?«

Sie wollte der Herrin zu Hilfe eilen, doch Pomian riß sie mit einer zornigen Bewegung vom Bett der Ohnmächtigen zurück.

»Scher dich weg! Du wirst hier nicht gebraucht!« Und ohne auf die Proteste des dreisten Mädchens zu achten, hielt er der Geliebten Riechsalz aus der Hausapotheke vor das Gesicht. Als sie nach einigen Sekunden langsam wieder zu sich kam und die Augen öffnete, überließ er sie der Obhut des Mädchens, das seine Maßnahmen mit finsterem Blick verfolgt hatte.

»Und ich rate dir dringend, den Mund zu halten«,

sagte er beim Hinausgehen. »Die gnädige Frau braucht jetzt Ruhe. Ich verbiete dir, sie in irgendeiner Weise zu reizen. Verstanden?!« fügte er in drohendem Ton hinzu. »Sonst kann die ganze Geschichte sehr böse für dich enden!«

Dann zog er sich rasch an und verließ das Haus.

Eine böse Stunde

Eine knappe Woche nach der peinlichen Szene erhielt er einen Brief, in dem sie ihn, als wäre nichts vorgefallen, zu einer »freundschaftlichen Teestunde« einlud. Nach dem Lesen verbrannte er den Brief, und von der Einladung machte er natürlich keinen Gebrauch. Zwei Tage später kam ein zweiter Brief, der Anzeichen einer gewissen Reue enthielt. Amelia bat, er möge nicht länger »schmollen« und solle doch »das eigentlich kindische Mißverständnis« vergessen. Sie nannte ihn in diesem Zusammenhang »einen großen Jungen«, der keinen Spaß verstehe.

Als er auch auf dieses Angebot nicht reagierte, schlug sie beim drittenmal einen zerknirschten und flehentlichen Ton an; in Worten voller Bedauern bat sie um Vergebung. Doch sogar diesen Brief ließ er unbeantwortet. Da kam sie eines Tages überraschend um drei Uhr nachmittags, zu einer Zeit, wo man ihn immer zu Hause antraf, selber zu ihm.

Als er ihr verändertes, irgendwie schmaler und kleiner gewordenes Gesicht sah, darin ihre wunderschönen, wie im Fieber glänzenden Augen, verspürte er so etwas wie Gewissensbisse und hielt Amelia, die sich an seine Brust schmiegte, lange in den Armen.

Und da begriffen beide, daß dieser Augenblick die Geburtsstunde ihrer Liebe war.

Amelia war nicht wiederzuerkennen. Ihre Leidenschaft, vorher wild und fordernd, hatte einen Hauch von Weichheit und tiefer Poesie angenommen. Auch in ihrem Haus waren während Pomians dreiwöchiger Abwesenheit bemerkenswerte Veränderungen vorgegangen. Nach der heftigen Szene mit Justynka hatte Amelia die Kammerzofe entlassen. Die Stelle des hübschen Mädchens nahm jetzt eine schon ältere, ernste, wenn auch ein wenig mürrische Frau ein.

Diese Mitteilung freute ihn ungemein, da er darin eine deutliche Wende zu gesunden, normalen Beziehungen sah. Langsam reinigte sich die Atmosphäre von dem Fremden, ihm Feindlichen und Widerwärtigen, das bis dahin als beherrschender Einfluß auf allem, was Amelia betraf, gelastet hatte.

Von jenem kritischen Nachmittag an, der sie einander wieder näherbrachte, trat in ihrer Beziehung eine entscheidende Gewichtsverlagerung ein. Die Interessen änderten sich, ihre Gespräche und Freizeitbeschäftigungen nahmen einen ganz anderen Charakter an. Es kam zu dem schönen und seltenen Phänomen, das er nach einer gewissen Zeit »Vergeistigung des Begehrens« nannte. Der wundersame Vogel der Liebe flatterte zwar spät in ihren Garten, dafür war das Lied, das er ihnen sang, um so reiner, um so gefühlvoller ...

Als Pomian eines Tages ihr Boudoir betrat, fand er sie zu seiner Genugtuung bei der Lektüre der »Wildente«.

»Magst du Ibsen?« fragte er zufrieden lächelnd.

»Du hast ihn mir so angepriesen, daß ich der Versuchung nicht widerstehen konnte.«

»Na, und?«

»Gewaltig und tief. Zu tief für mich«, sagte sie mit Demut und lehnte ihren Kopf an seine Schulter. »Du wirst mir manches erklären müssen.«

»Wunderbar. Laß uns gemeinsam lesen. Und anschließend gehen wir ins Theater und sehen uns das Stück des großen Alten an. In der Vorankündigung steht, daß der ganze Zyklus wieder aufgenommen wird.«

»Hervorragend.«

»Doch vorher kannst du noch ein bedeutendes Werk eines anderen norwegischen Schriftstellers kennenlernen. Morgen spielen sie Björnsons ›Über die Kraft‹. Das wird eine ausgezeichnete Vorbereitung auf schwerere Sachen sein, wie es die szenischen Visionen von Henryk Ibsen sind. Also wie? Kommst du mit?«

»Mit dem größten Vergnügen, du mein süßer Lehrer!«

Und so gingen sie am nächsten Tag abends ins Theater.

Der Eindruck, den das Drama auf Amelia machte, war außerordentlich. Erzogen unter dem »wachenden Auge« des verstorbenen Gatten und fast ausschließlich an banale französische Farcen und Komödien sowie einheimische Nachäffereien ausländischer Machwerke gewöhnt, atmete sie nun in vollen Zügen die edle und reine Atmosphäre des Wahren und Schönen. Besonders der Schluß des ersten Teils erschütterte sie zutiefst. Das Werk des großen Dramatikers brachte noch nicht entdeckte, ungeahnte Saiten in ihrer kaum erforschten Seele zum Klingen. Seit Jahren schlummernde Fragen, von Pradera gewöhnlich mit ironischem Lächeln oder geringschätzigem Schulterzucken abgetan, erwachten unter dem belebenden Odem des großen Werkes. Während der nächsten Tage erörterte sie lebhaft mit dem Geliebten alle in dem Drama berührten Probleme.

»Letztendlich aber«, stellte sie am Schluß der Diskussion fest, »stehen wir am Scheideweg. Der Pastor wird, nachdem er sich zu dem übermenschlichen Willensakt, mit dem er die todkranke Frau vom Sterbelager hob, durchgerungen hat, von den Klauen grausamer Zweifel zerrissen. Eine Weile schien es doch, als würde der blendende Blitz eines Wunders die Szene erhellen – als würden sich geheimnisvolle Türen öffnen, hehre Schauer auslösende Perspektiven auf das Jenseits enthüllen ... Doch leider, es ist nur ein Moment.«

»Gott hat noch niemand gesehen, Amelia, und der, der ihn erblickt hat, mußte es mit dem Leben – oder mit dem Verstand bezahlen. Das Ideal ist im Tod, im Unbeschreiblichen ... Und doch sagt mir allein die Tatsache, daß die schwerkranke Frau sich vom Schmerzenslager auf den Ruf der Glocke hin erhob, die er zum Klingen gebracht hat, viel, sehr viel. Vielleicht mehr, als der Dramatiker beabsichtigt hat ...«

»Sie zeugt von der Willenskraft ihres Mannes.«

»Jaja, so nennt man das. Wille, Suggestion – schöne, ›wissenschaftlich‹ klingende Phrasen. Für mich ist er ein Beweis, daß in uns geheimnisvolle Mächte vorhanden sind, die die physischen Gesetze brechen und auch jenseits von Tod und Leben siegreich bleiben. Für mich ist die Schlußszene, die dem tragischen Tod des Pastors unmittelbar vorangeht, ein Beweis des Vorhandenseins von Kräften in der menschlichen Seele, die nicht untergehen und mit dem Zerfall unserer irdischen Hülle nicht verweht werden. Der Mensch ist ein unsterbliches Wesen, Amelia!«

Sie hörte nachdenklich zu.

»Kazimierz hat an ein Leben nach dem Tode nicht geglaubt«, sagte sie plötzlich im Ton des Widerspruchs, »und er hat die verlacht, die eine Neigung zu transzendentalen Träumen hatten. Und er besaß doch einen starken, regen Geist.«

»Das ist doch nicht die Frage. Ein Pythagoras, Platon, Dante, Shakespeare, Słowacki oder Dostojewski waren wohl noch mächtigere Geistesgrößen als Minister Pradera – und dennoch waren sie gläubig ... Im übrigen haben in letzter Zeit die sogenannten metapsychischen Wissenschaften dafür immer mehr und immer überzeugendere Beweise geliefert ... Nehmen wir zum Beispiel nur einen ihrer speziellen Zweige, bekannt unter dem Namen Mediumismus.«

»Tischrücken und so was?« sagte sie abfällig lächelnd. »Ich habe einmal an solch einem Experiment teilgenommen, doch man hat mich nicht bekehren können. Hier kann man alles mit unterbewußtem Wirken des menschlichen Fluidums erklären oder mit irgendeiner anderen Energie, wie auch immer sie heißen mag, die über die Fingerspitzen aus unserem Organismus strömt; man braucht nicht einmal die Hilfe von Geistern in Anspruch zu nehmen.«

»Sicher – doch gibt es auch noch bedeutungsvollere und noch rätselhaftere Erscheinungen. Hast du schon mal das Phänomen der Materialisierung erlebt?«

»Nein, nur davon gehört. Kazimierz hat mir einmal darüber berichtet.«

»Hat auch er die Realität solcher Erscheinungen bezweifelt?«

»Das nicht, doch war er der Meinung, Phantome seien Geschöpfe der Medien und hätten nichts mit dem Jenseits zu tun.«

»Lassen wir vorläufig die Frage der Intervention der Geisterwelt bei dieser Kategorie Erscheinungen außer acht, denn verwundert uns nicht allein die Tatsache der Materialisierung, diese geradezu unglaubwürdige Formung, die mitunter Eigenschaften lebender Körper aus Fleisch und Blut aufweisen? Überschreitet es nicht alle bisher bekannten und anerkannten Grundsätze der Physik und Biologie, wenn aus dem Sekret des Mediums, aus dem geheimnisvollen Ektoplasma, jene wundersame Urzeugung menschlicher und tierischer Gestalten vollzogen wird? Die alles bisherige Wissen über den Menschen über den Haufen werfende Parthenogenese der Phantome? Hier, genau hier, sehe ich den Übergang von diesem Ufer zu jenem; hier, im rätselhaften Halbdunkel gedämpften Lichts schlägt man die Brücke zum Jenseits.«

»Angeblich hat man Medien schon beim Betrügen ertappt«, verteidigte Amelia hartnäckig ihren Standpunkt.

»Das ist noch längst kein Beweis dafür, daß *alle* diese Erscheinungen das Werk von Scharlatanen sind. Den zweifelhaften und manipulierten Erscheinungen kann man Hunderte und Tausende entgegenhalten, die unter strenger, echt wissenschaftlicher Kontrolle beobachtet worden sind, die jegliche Betrügerei ausschließt. Über diese Dinge darf man nicht blind urteilen, Mela, man muß sie mit eigenen Augen sehen, wie ich sie gesehen habe. Wahrhaft erstaunliche Phänomene! ... Ich hätte große Lust, dich wenigstens einmal zu einer solchen Séance mitzunehmen, ungläubiger Thomas.«

»*Thank you very much,* ich bin nicht neugierig. Ich hege eine Abneigung gegen derlei Erfahrungen. Sie scheinen mir etwas Fremdes und Naturwidriges.«

»Ich hoffe, daß du deine Meinung mit der Zeit änderst.«

»Schon möglich. Vorläufig möchte ich lieber in der Sphäre normaler Erscheinungen des Lebens verbleiben.«

Damit war die Diskussion erschöpft.

Alsbald aber schlich sich in Amelias »Sphäre normaler Erscheinungen des Lebens« etwas ein, was die Erfüllung der Voraussage des Geliebten sehr beschleunigte.

Während der Wintermonate beobachtete Pomian, daß ihr nervlicher Zustand nicht in Ordnung war. Ohne Grund brach sie angefangene Gespräche ab und schien auf etwas zu lauschen. Mitunter änderte sie mir nichts dir nichts etliche Tage vorher festgelegte

Pläne und verschob gewisse Verrichtungen auf später. Häufig machte sie einen unkonzentrierten Eindruck und schien auf irgend etwas zu warten. Früher selbstbewußt und nüchtern bis zur Übertreibung, wirkte sie jetzt abergläubisch und wie gehemmt von nichtigen und unbedeutenden Rücksichten. Die Montage deklarierte sie zu Pechtagen, und den Geschenken, die der Geliebte ihr brachte, begann sie besondere Bedeutungen zuzuschreiben. Die schöne mit Perlen besetzte Brosche in Nadelform, die er ihr zum Namenstag überreichte, wies sie zaudernd mit der Befürchtung ab, sie könne Streit bedeuten oder ein Unheil.

»Seit geraumer Weile«, erklärte sie ihm besorgt, »bin ich der Überzeugung, daß man aus den Händen befreundeter Personen keine spitzen Gegenstände wie Messer, Taschenmesser, Stecknadeln und Ähnliches entgegen nehmen sollte. Überdies hab ich gehört, daß Perlen Unglück bringen.«

Pomian schüttelte ungläubig den Kopf, doch mußte er schließlich die entschiedene Absage akzeptieren.

Eines Abends, irgendwann in der Mitte des Monats März, traf er sie im hellerleuchteten Wohnzimmer in Gesellschaft der neuen Haushilfe, Frau Michalska, die sie in den Armen hielt und aus irgendeinem Grunde zu beruhigen und zu trösten schien. Als sie ihn eintreten sah, atmete die gute Frau erleichtert auf: »Gott im Himmel sei Dank, daß er uns den gnädigen Herrn schickt!«

»Was ist ihr passiert?« fragte er besorgt.

»Ach ich weiß nicht . . . Irgendeine Vision oder so etwas in der Art. Die gnädige Frau kann es Ihnen ja selber erzählen.«

Und diskret zog sie sich danach zurück in ihr Zimmer auf der anderen Seite des Korridors.

Pomian setzte sich neben die Geliebte, nahm ihre Hände und sah sie besorgt an.

»Was ist dir, Mela?«

»Du mußt für immer zu mir ziehen. Ich kann in diesem Hause nicht länger allein sein, zumal abends nicht.«

»Deine Nerven sind überreizt, Liebste. Vielleicht solltest du die Wohnung wechseln?«

»Das wird nichts helfen; ich werde dasselbe auch an einem anderen Ort erleben. Du mußt bei mir wohnen, Tadeusz. Natürlich nicht hier in der Lindenstraße, sondern woanders. Ich hab mir schon eine hübsche, zweistöckige Villa im Eichenweiler angesehen.«

»Das gibt's doch nicht!«

»Was ist daran so erstaunlich?«

»Es ist erstaunlich, daß du gerade dort eine Wohnung für uns entdeckt hast. Ausgerechnet dort ... im Eichenweiler ...«

»Sind mit diesem Ort für dich irgendwelche Erinnerungen verbunden?«

»Erinnerungen ... Was weiß ich? ... Vielleicht irgendwelche Traumgebilde ... Gebilde eines bösen Traums ... Doch lassen wir das.«

»Du bist demnach einverstanden?«

»Wenn dir die Gegend dort so gefällt, warum nicht. Doch, um auf deinen augenblicklichen Zustand zurückzukommen – ist das, was du hier empfindest, eine gewöhnliche nervöse Unruhe oder etwas anderes, was sich noch genauer definieren läßt?«

»Seit ein paar Tagen höre ich in den Zimmern Geräusche und Laute; die Möbel geben ohne Grund ein leises, trockenes Knarren von sich, Flüstern wird hörbar ... Anfangs habe ich geglaubt, daß es nur Täuschungen sind, und deshalb habe ich dir nichts davon erzählt. Vor einer Weile, ehe du hereinkamst, habe ich im Schlafzimmer von hier aus Laute gehört, die an menschliches Stöhnen erinnerten. Als ich aufschrie, kam die Michalska und begann mich zu beruhigen. Dann kamst zum Glück du.«

»Das sind gewöhnliche akustische Halluzinationen, die deine strapazierten Nerven produzieren. Die Möbel knarren, weil sie zu sehr austrocknen, du heizt die Räume zu stark.«

»Nein, nein! Du kannst mir nicht einreden, daß das alles ... nur subjektive Erscheinungen sind. Außerdem ist da noch etwas anderes.«

»Also dann wechsle die Wohnung, wir ziehen zusammen, und alles kommt wieder in Ordnung.«

»Aber du bleibst heute schon hier, Tadzio!« bat sie und umschlang seinen Nacken.

Er schloß ihren Mund mit einem Kuß zum Zeichen des Einverständnisses ...

Den darauffolgenden Donnerstag verbrachten sie bereits gemeinsam in der neuen Wohnung in der Villa »Zu den Erlen«. Das Landhaus lag abgeschieden, in einer vom Zentrum weit entfernten Wohngegend, eigentlich schon einer Vorortsiedlung, umgeben von Tannen und Kiefern. Von hier oben, von der zweiten Etage aus, hatten sie einen weiten Blick auf eine prachtvolle Winterlandschaft. In der Abendröte, die in einem roten Streifen am Horizont glühte, ragten die froststarren Wipfel des Nadelwaldes gen Himmel, flatterten Vögel durch die Luft, die den Abflug nach Süden verpaßt hatten. Auf der schneebedeckten Landstraße, die sich irgendwo hinten im Dickicht eines Fichtenwaldes verlor, fuhr in schnellem Trab ein Pferdeschlitten; das silberhelle, muntere Geklingel der Glöckchen klang deutlich durch die kristallklare, frostklirrende Luft.

Sie wandten sich vom Fenster.

»Es wird dunkel«, sagte sie leise und ging zur Lampe. »Man muß Licht machen.«

»Verdirb die Stimmung nicht! Ist diese blaue Stunde, nur im Licht des Kaminfeuers, nicht zauberhaft?« erwiderte er und zog sie sanft an sich.

Eine Zeitlang verharrten sie in der Wonne eines Kusses, eingehüllt in dichter werdendes Dunkel ... Da erschütterte ein dumpfes Poltern im Nebenzimmer die Stille. Amelia erbebte, stieß einen hysterischen Schrei aus und schmiegte sich eng an ihn.

»Hast du das gehört?«

»Im Salon ist irgend etwas heruntergefallen. Ich geh mal nachschauen.«

»Nein, nein! Laß mich nicht hier allein im Dunkeln!«

»Also mache ich erst Licht.«

Er befreite sich sanft aus ihren Armen, knipste den Kronleuchter an und drückte auf den Schalter im Salon.

»Der Porzellantopf mit der Palme, den ich dir heute geschickt habe, ist heruntergefallen«, sagte er beim Betreten des Salons.

Sie sah ihn entsetzt an: »Ein schlechtes Omen gleich am Anfang. Und obendrein war das ein Geschenk von dir zum Einzug in die neue Wohnung. Ist der Topf ganz geblieben?«

»Nein. In tausend Stücke zerschlagen. Eigentlich ein bißchen merkwürdig; er ist doch nur aus geringer Höhe heruntergefallen.«

Bestürzt und traurig hoben sie die Palme auf und pflanzten sie vorläufig in ein Gefäß aus Ton. Den Rest des Abends verbrachten sie in gedrückter Stimmung ...

Das Malheur mit dem Porzellantopf war das Vorspiel zu einer Reihe anderer Erscheinungen, die eindeutig aggressiven und bösartigen Charakters waren. Fast kein Abend verging ohne verdächtige Geräusche oder unangenehme Zwischenfälle. Ohne ersichtlichen Grund fielen Möbelstücke um, nahmen die Schatten der Einrichtungsgegenstände fratzenhafte Konturen an, zog mitunter ein kühler Hauch durch die fest verschlossenen und gut geheizten Räume.

Am schlimmsten waren die Nächte. Amelia schlief in dieser Zeit kurz und unruhig. Mehrere Male wachte sie plötzlich auf, in kalten Angstschweiß gebadet, und behauptete, jemandes kalte, feuchte Hand auf ihrem Gesicht oder am Hals jemandes schweren, eisigen Atem gespürt zu haben.

Pomian, der sah, wie sie sich quälte, versuchte sie zu überreden, mit ihm zusammen einen erfahrenen Neurologen aufzusuchen. Sie lehnte mit der Begründung ab, an den Erfolg ärtzlicher Verordnungen in diesem Falle nicht zu glauben.

»Das sind doch nicht die Nerven, Tadeusz, das glaubst du doch selber nicht. Das ist doch ganz was anderes.«

Schließlich wagte er, ihr die Wahrheit zu sagen.

Eines Tages, als sie nach durchwachter Nacht an seine Schulter gelehnt vor sich hin döste, sagte er zu ihr: »Hör zu, mein Liebes, nach eingehendem Überlegen bin ich zu der Ansicht gelangt, daß sich in dir aus mir nicht näher bekannten Ursachen Eigenschaften eines Mediums herausgebildet haben.«

Sie fuhr auf und sah ihn verwundert an.

»Und wenn dem wirklich so wäre?«

»Meines Erachtens wäre es dann am besten, sich mit einem professionellen Medium ins Benehmen zu setzen und mit seiner Hilfe die Sache zu untersuchen. Vielleicht weiß es ein Mittel, mit dessen Hilfe man sich von dieser Heimsuchung befreien kann.«

»Mach, was du für richtig hältst«, sagte sie schweren Herzens.

»Ich werde mit Dr. Toczyski sprechen, der schon seit längerer Zeit mit einer ungewöhnlich reich mit mediumistischen Eigenschaften ausgestatteten Person experimentiert, die unter dem Namen Monitor auftritt.«

»Ich bitte dich nur herzlich um das eine, dir von ihm Diskretion auszubitten. Ich möchte nicht, daß die Sache publik wird und zum Gesprächsthema unserer klatschsüchtigen Gesellschaft.«

»Ich werde alles tun, um den unerwünschten Beigeschmack des Sensationellen zu vermeiden.«

Dennoch konnte trotz Pomians Bemühungen kein rein privater Charakter der spiritistischen Sitzung gewahrt bleiben. Als Toczyski von Pomians Anliegen erfuhr, sagte er von vornherein, daß an der Séance einige hervorragende Fachärzte der Psychiatrie und einige Professoren als Sachverständige und Überwacher teilnehmen würden. Pomians Besorgnisse hinsichtlich der Wahrung absoluter Diskretion räumte er mit der Zusicherung aus dem Weg, daß man alle Einzelheiten streng geheimhalten und er ihm das Protokoll der Sitzung vorlegen würde.

Die Sitzung fand am 10. April an einem milden, ungewöhnlich schönen und warmen Nachmittag statt. Gegen sechs Uhr, als schon die Sonne zur Neige ging, versammelten sich die Teilnehmer der Séance in Frau Amelias gemütlichem Salon im zweiten Stock der Villa »Zu den Erlen«. Man war in ernster Stimmung, konzentriert und voller Erwartung. Monitor, wie sein Impresario und psychischer Betreuer, Dr. Toczyski, versicherte, war in vorzüglicher Verfassung und verhieß »außergewöhnliche Dinge«.

Die Erwartungen schienen sich auch zu erfüllen. Als nach einigen Minuten völligen Schweigens einer der Anwesenden die mit einem roten Schirm versehene Lampe anknipste und das gedämpfte warme

Licht sich in den Raum ergoß, war Monitor bereits im Zustand tiefer Trance.

»Hast du noch einen besonderen Wunsch?« fragte ihn Toczyski, als er die fahrigen, abwehrenden Handbewegungen des Mediums gewahrte.

»Ausschließen!« ertönte als Antwort die schläfrige, monotone Stimme Monitors, »Ausschließen!«

»Aus der Kette ausschließen? Wen? Sprich?«

»Amelia!«

Toczyski wandte sich verlegen an die Dame des Hauses: »Verzeihen Sie die Form und den Inhalt dieses Wunsches, gnädige Frau. Doch im Trancezustand ist es dem Medium nicht möglich, gesellschaftliche Konventionen zu beachten. Ihre Anwesenheit in der Kette stört ihn offenbar: höchstwahrscheinlich gehen von Ihnen Ströme aus, die die Entwicklung des Ektoplasmas erschweren.«

»Soll ich das Zimmer verlassen?« fragte Amelia und erhob sich.

»Gott bewahre! Es genügt, wenn Sie sich dort hinten, außerhalb unseres Kreises, hinsetzen . . . Also wie?« wandte er sich erneut an Monitor, nachdem Frau Pradera sich in der »neutralen Zone«, in einer Ecke des Salons, niedergelassen hatte. »Bist du nun zufrieden?«

»Singt etwas!« erwiderte das Medium mit seiner monotonen Stimme.

»Singen wir ihm die Arie des Lyonel aus ›Martha‹. Die liebt er besonders.«

Bald darauf ertönte die sanfte, sentimentale Arie aus der alten romantischen Oper von Flotow.

»Die Lampe verdunkeln!« entrang es sich gebieterisch dem krampfhaft verzerrten Mund Monitors. »Das Fenster öffnen!«

Als die Lampe ein gedämpftes, tief dunkelrotes Licht verbreitete und durch das halb geöffnete Fenster die Kühle der Vorfrühlingsdämmerung in den Salon drang, erfuhr der Zustand des Schlafenden eine deutliche Änderung. Sein Körper begann sich in nervösen Zuckungen aufzubäumen, und seiner Brust entrangen sich unartikulierte, an Stöhnen erinnernde Laute.

»Bitte die Überwachung verstärken!« empfahl Dr. Toczyski.

»Ich halte seine rechte Hand fest umklammert und fühle ständig seinen rechten Fuß unter meinem Fuß«, antwortete ihm sein Kollege, der rechts neben Monitor saß.

»Die linke Seite ist ebenfalls gut abgesichert«, erklärte der Überwacher auf der anderen Seite.

»Vielleicht überprüfen Sie den Stand der Dinge mit Hilfe der Blindenlampe?« wandte sich Toczyski an Pomian. »Aber vorsichtig! Bitte aufpassen, daß ihm das Licht nicht in die Augen fällt.«

»Alles in Ordnung«, stellte Pomian fest und richtete ein schmales Bündel roter Strahlen auf die Füße des Schlafenden ... »Ordnungsgemäß zusammengebunden.«

Und er knipste die Lampe aus.

Über den Köpfen der Versammelten zeigten sich kleine blaue Lichter, die in der Luft zu schweben begannen.

»Die ersten Erscheinungen«, erklärte Toczyski. »Heute beginnen wir mit Lichtphänomenen.«

Aus der Ecke des Salons tönten leise Klavierakkorde.

»Wir hören jetzt auf zu singen«, sagte Doktor Toczyski.

Pomian wandte den Kopf in die Richtung, aus der die Klänge kamen. »Sind Sie es, die Klavier spielt, Frau Amelia?«

»Nein. Ich sitze in der anderen Ecke des Zimmers«,

hörte er ihre zitternde und seltsam weit entfernte Stimme.

Unsichtbare Finger glitten über die Tasten und zauberten die Melodie des Schloßherrn aus den »Gespenstern« von Moniuszko.

Im düsteren Scharlachrot des Lampenlichts verzog sich das Gesicht des Mediums in qualvollen Krämpfen. Stöhnende Laute drangen aus seinem Mund.

»Langsam nimmt sein Spiritus rector Besitz von ihm«, erklärte der außerhalb der Kette stehende Arzt. Mit diesem Namen bezeichnete er gewöhnlich die geheimnisvolle Existenz, die sich durch das Medium offenbarte.

»Ah . . . ah . . . ah . . .«, stöhnte der Schlafende.

Über Toczyskis Gesicht zog ein Schatten der Unruhe.

»Heute tut er sich aber schwer«, flüsterte er, an den neben ihm sitzenden Professor gewandt.

»Ha! Wer ist das?!« röchelte Monitor plötzlich. »Weer iist daaas?« wiederholte er mit schwächer werdender Stimme, als ränge er mit einem unsichtbaren Gegner, und verstummte dann vollends.

Aus der Gegend seines Schoßes, des Mundes und der Achselhöhlen begannen sich grauweiße Streifen von Ektoplasma zu entwickeln. Kurz danach war der Mann völlig von den milchigen Knäueln eingehüllt. Die Absonderung war diesmal ungewöhnlich stark . . .

Pomian drehte sich nach Amelia um. Sie saß zusammengekrümmt in einer Ecke und beobachtete mit geweiteten Pupillen die Geburt des Phantoms. Mit einemmal sprang sie mit wildem Aufschrei vom Sessel auf und starrte in den Kreis, den die Kette umschloß. Pomian wandte den Blick in dieselbe Richtung und spürte, wie ihn ein Schauer des Grauens überrieselte . . .

In der Mitte des Kreises, den die Teilnehmer der

Séance bildeten, erhob sich über ihren Köpfen das Phantom eines Mannes: ein kräftiges, deutliches Gesicht mit starken vorstehenden Kinnladen und einer breiten olympischen Stirn.

»Minister Pradera!« flüsterten ein paar Stimmen, als sie die Züge des großen Staatsmannes erkannten. »Minister Pradera!«

Auf dem Gesicht des Phantoms geisterte ein böses Lächeln. Das rechte, mit einem Monokel versehene Auge drückte sich fester um das Glas und zuckte nervös. In der herrschenden Grabesstille bewegte sich das Phantom schwankend auf Amelia zu.

Die Unglückliche konnte den Blick nicht vom Gesicht des Mannes lösen und wich an der Wand entlang instinktiv vor ihm zurück.

»Hinweg!« donnerte plötzlich die Stimme Pomians, der mit übermenschlicher Kraft seine Furcht überwand und sich dem Rivalen in den Weg stellte. »Hinweg mit dir!«

Doch wie von einem unsichtbaren Strom getroffen, wurde er bis in den äußersten Winkel des Salons gestoßen. Er torkelte wie ein Betrunkener und lehnte sich mit dem Rücken an die Wand. Das siegreiche Phantom aber jagte die treulose Gattin weiter vor sich her. Nun wagte keiner mehr, es aufzuhalten; alle waren wie gelähmt vor Entsetzen, wie gebannt.

Als Pomian nach dem Schlag, den er erhalten hatte, wieder zu sich gekommen war, wollte er sich von neuem auf den Widersacher stürzen, aber es war schon zu spät. In die Ecke getrieben, von den Lebenden durch das unerbittliche Phantom getrennt, schüttelte sich Amelia plötzlich in wahnsinnigem Gelächter, stieg auf das Sofa und sprang aus dem geöffneten Fenster in die Tiefe.

Bei Wrześmian

(Auszüge aus Tadeusz Pomians Tagebuch)

Gestern habe ich Wrześmian in seiner einsamen Klause besucht. Ich hätte ihn fast nicht wiedererkannt! Dieser Mann verlischt sichtlich. Er ist alt geworden, grau, wunderlich, und lebt in fast völliger Zurückgezogenheit. Von der Welt und den Menschen isoliert, hat er sich in einem entfernten Vorstadtwinkel vergraben und verbringt hier in der tiefen Stille lange, einsame Stunden. Mir steht dieser sensible vierunddreißigjährige Greis seltsamerweise sehr nahe. So nahe, daß es mir manchmal vorkommt, als wäre er mein zweites, nur von innen betrachtetes »Ich«. Er ist gleichsam das zweite, der Welt nicht bekannte Antlitz meines Wesens. Denn die eigentliche Grundlage, auf die sich unsere Werke stützen, ist bei ihm wie bei mir die gleiche; der einzige Unterschied zwischen ihm und mir besteht darin, daß ich den Weg der Eroberung beschritten und die Massen für mich eingenommen habe, während er, der unverbesserliche Träumer, sich damit begnügt, auserwählte Seelen zu beeinflussen. Meine Werke, gesättigt von den Farben des Lebens und voll pulsierenden Blutes, ziehen Tausende an, denen es scheint, als spräche einer zu ihnen, der wie sie ist, Wrześmians Werk hingegen ist verhüllt vom Nebelschleier der Mystik, ist weltabgewandt und begeistert nur außergewöhnliche Menschen. Ein Unterschied eher des Charakters, des Temperaments, als des schöpferischen Wesens. Einer seiner »Freunde« soll einmal in einem Anflug von Ehrlichkeit gesagt haben, daß er »keine Natur sei, die die Welt erobere«. O ja, das ist er zweifellos nicht. Wrześmian hatte nie die Absicht, etwas zu »erobern«. Dazu war er viel zu empfindsam, geistig zu anspruchsvoll und tiefgründig. Daher konnte er auch niemals ein populärer Schriftsteller sein.

Stattdessen hatte er genügend Nachahmer und Versimplifizierer seiner Ideen. Seine ausgefallenen Vorlagen, inhaltsreich und schwer von Gedanken, wirkten befruchtend auf minder Talentierte, die aber mit sogenanntem literarischem Witz begabt waren. Wrześmians Schaffen wurde alsbald eine Fundgrube, ein Brunnquell ungewöhnlicher und absonderlicher Themen, aus dem man mit vollen Händen ungehindert schöpfen konnte. Nebenbei bemerkt ließ die offizielle Kritik kein Sterbenswort darüber verlauten. Freilich, man schrieb viel und Schmeichelhaftes über die geschickten Nachäffer, peinlichst bemüht, die eigentliche Quelle schweigend zu übersehen. Denn warum auch nicht? Es war ja allgemein bekannt, daß Wrześmian der Mann ist, der sich nicht »revanchieren« würde, daß er keiner literarischen Gruppierung angehört und auch um keinen Preis bereit wäre, anderen ein Bein zu stellen. Im Verlauf der Jahre bildete sich allmählich rings um seine Person eine erschreckende Leere, eine Kühle verbreitende *splendid isolation,* die sein einziger Ruhm und Preis waren.

Doch gerade diese Isolation, diese Selbstgenügsamkeit konnten ihm die Menschen nicht verzeihen. Da er nicht gewillt war, zu kriechen und zu liebedienern, um niemandes Gunst zu buhlen, und nicht gleich bereit war, jeden Beliebigen mit Schmeichelreden zu überschütten, verfolgte ihn die stille, systematische Rache der »Gekränkten«. Ein kleingeistiger, menschlicher, allzu menschlicher Neid trieb sie, ließ Gift und Galle in ihre Tinte fließen und führte ihre spitze Feder. Man attackierte ihn nach Strich und Faden, jeder auf seine Weise, nach bestem Vermögen. Man erteilte offene und verhüllte Seitenhiebe, startete direkte und verdeckte Angriffe, unverblümt oder auf Umwegen. Es mangelte auch nicht an ein paar ordinären Ausfällen und ging auch nicht ohne kleinere und größere Gemeinheiten ab.

Als trotz der einheimischen Schalldämpfer Wrześmians Name auch ins Ausland drang und die Schar der Anhänger und aufrichtigen Freunde Anstrengungen unternahmen, um eines seiner Dramen auf ausländische Bühnen zu bringen, meldeten sich »warnende« Stimmen; die um das Prestige des polnischen Dramas besorgten Landsleute bemühten sich nach besten Kräften, die Inszenierung des Werkes, das allzusehr von der gewohnten Schablone abwich, zu verhindern, und erwirkten tatsächlich von der literarischen Zollbehörde eine Verweigerung der Ausfuhrerlaubnis.

Am amüsantesten war die Plumpheit der Attacken. Da keiner dieser Herren die ideologischen Grundlagen der Werke Wrześmians anfechten konnte, dieweil keiner von ihnen ausreichende Kompetenz besaß, vermied man tunlichst Diskussionen über seine philosophischen und psychologischen Erwägungen und griff statt dessen krampfhaft Nichtigkeiten und Äußerlichkeiten an. Über das, was Wrześmian an Neuem und Originellem in die dramatische Kunst und Dichtung einbrachte, sprach man überhaupt nicht oder allenfalls mit Geringschätzung oder in oberflächlicher und, was noch schlimmer war, in verfälschender Weise, die einen völligen Mangel an Verständnis offenbarte. Über die Werke, die vor schöpferischer Qual vibrierten, von seiner Lebensangst und seinem Staunen über die Phänomene des Lebens zeugten, machten sich die Herren Kritiker grobschlächtig her, mit aufgekrempelten Hemdsärmeln und mit großkotziger Nonchalance, als ginge es um die Beurteilung von Kabarettsongs oder der »Arabischen Abenteuer« eines unserer beliebtesten Spaßvögel. Ungeniert und ohne viel Federlesens resümierte man einfach die Werke, und das auch noch stümperhaft, oft mit Fehlern und Abweichungen. Diese miserablen, keinen Begriff vom Werk des Künstlers vermittelnden gestrafften Inhaltsangaben versah man dann gedankenlos mit banalen, boshaft oberflächlichen Kommentaren.

Mit Staunen habe ich mitunter diese »Rezensionen« und »Besprechungen« gelesen, die in typisch journalistischem Jargon verfaßt waren und viele Fehler, Textverdrehungen und pöbelhafte Angriffe enthielten.

Am kuriosesten war, daß man sich mit Sachlichkeit und Unparteilichkeit drapierte. Diese trivialen und banalen Krümelsammler äußerlicher Details, die alle angeblichen Fehltritte und Mißgriffe aus den Werken Wrześmians tunlichst herauspickten, aber mit Vorbedacht alles verschwiegen, was Schönheit und Poesie atmete, beteuerten feierlich, dies keineswegs aus purer kleinlicher Schikane zu tun.

Einige dieser Artikelchen, die am Übermaß des eigenen Gifts fast erstickten, waren für uns beide eine Quelle ununterbrochener Heiterkeit. Uns amüsierten besonders die Widersprüche, in die sich die Herren Rezensenten verstrickten; eine Rezension schien geradezu die andere zu widerlegen, obgleich sich beide in der Abneigung gegenüber Wrześmian einig waren.

So stellte zum Beispiel einer von ihnen, der die Werke meines Freundes für krankhaft hielt, mit dem Ernst eines Diagnostikers fest, daß Wrześmian vom Fieber befallen sei und im Fieberwahn schreibe. Ein anderer wiederum, ein Berufskollege des ersten, versicherte den Lesern feierlich, Wrześmian verzapfe eiskalt hellen Wahnsinn.

Hier habe ich unwillkürlich einen der Kardinalvorwürfe berührt, die gegen dieses von der Norm abweichende Schaffen erhoben wird. Ein Teil der Kritiker hält sein Schaffen für ungesund, eigentlich für »neurasthenisch«, was weiß ich? Vielleicht für geradezu schädlich. Also? *Écrasez l'infame!* Hinweg mit ihm! Was hat er die ruhigen, stehenden Gewässer aufzuwühlen?! Wir brauchen eine »gesunde« Literatur, viel, viel Sonne und Heiterkeit. Also lachen wir, meine Damen und Herren. Lachen wir, und seien wir fröhlich, denn das Leben ist kurz, und man sollte es genießen. Lachen ist gesund und fördert die Verdauung. Lachen zeugt von der Stärke der Nation! Es lebe das Lachen, ein Hoch auf die Humoristen im Lande! Sie sollen uns mit ihren Späßen und Narreteien erfreuen!

Neben der edlen Gruppe der um die Gesundheit der Literatur besorgten »Wohlfahrtspfleger« konnte sich Wrześmian noch einer zweiten, nicht minder ehrlichen und ernstzunehmenden Kategorie von Gegnern erfreuen, die er »Vitalisten« nannte. Diese Herren witterten in den Stoffen, die er verwandte, einen gewissen Mangel an Lebenserfahrung. Wrześmian schöpfte nach Ansicht eines dieser Kunstkenner nur wenig aus eigenem Erleben und holte sich die Themen für seine Werke aus psychologischen und psychopathologischen Vorlagen oder aus gewissen, seinem Wesen im übrigen ziemlich fremden Vorkommnissen, die er zufällig vom Hörensagen kannte und für seinen Gebrauch zurechtmodelte.

Welch eine erstaunliche Beobachtungsgabe und Quellenkenntnis. Man könnte meinen, Wrześmian habe ihnen alles gebeichtet oder der geschätzte Herr Kritiker habe ihn durch das Schlüsselloch beobachtet.

Und neben all dem noch eine Meinung aus anderer

Richtung: »Wrześmians gesamtes Schaffen ist geprägt von der Logik des Fanatismus, und mitunter hat sein Irrationalismus geradezu etwas Betörendes.«

Wem also soll man glauben?

Ich denke, daß der zweite der Wahrheit am nächsten kam.

Im übrigen änderte man die Meinungen über diesen seltsamen Menschen je nach Bedürfnis und Umständen. Ein »namhafter« Rezensent hat zuerst gnädig anerkannt, daß Wrześmian einen verdichteten, lapidaren und seltsam starken Stil schreibt, einen Stil, der die Halbtöne und Halbklänge erfaßt, die für gewöhnlich unerkannt im Raum schwingen, daß er oft mit unnachahmlicher Kraft die mystische Gestalt des Inneren aufspürt, deren Existenz wir selber kaum herausfühlen. Dieser nämliche Kritiker hat ein paar Jahre später, als er sich bereits etabliert hatte, über denselben Stil eine völlig entgegengesetzte Meinung geäußert. Diesmal war nach seiner Ansicht Wrześmians Werk in einer »dürftigen« Sprache verfaßt. *Parbleu!*

Man bewundere die Beständigkeit und Festigkeit der Ansichten!

Zu der letzten, geistlosesten Kategorie der Begutachter von Wrześmians Muse gehörten die Spezialisten der »Beeinflussungstheorie«. Ihrer Auffassung nach unterlag Wrześmian dem starken Einfluß aller möglichen und unmöglichen Phantasten der Welt, angefangen bei Papa E. T. A. Hoffmann und Edgar Allan Poe über Stevenson, Villiers de L'Isle-Adam bis zu seinem Zeitgenossen Gustav Meyrink. Wrześmian war dieser und jener, jener und dieser, war von allen ein bißchen, nur nicht er selbst, nur nicht Wrześmian. Denn wie sollte es auch anders sein? Wo gäbe es im eigenen Land dergleichen? . . .

Wrześmian las gelegentlich diese Elukubrationen

und lächelte. Sie waren einerseits zu gallig, um sie als Ausdruck ehrlicher Überzeugung zu akzeptieren, andererseits zu seicht und einseitig, um sie gar ernst zu nehmen. Jedenfalls zeugten sie davon, daß man ihn wahrnahm, und das mit unwilligem Staunen.

Obwohl er sich in keiner Weise darum bemühte, scharte sich um ihn eine kleine, aber auserlesene Gemeinde. Ein paar hervorragende Persönlichkeiten von außerordentlichen Geistesgaben mit der Neigung, die Welt auch von ihrer geheimnisvollen Seite zu betrachten, umgaben ihn mit herzlicher Anteilnahme. Im Lichte dieser Freundschaft reifte sein ungewöhnliches Talent zu voller Blüte. Doch seine Vorliebe für Einsamkeit und Isolation wuchs von Jahr zu Jahr und lokkerte die gesellschaftlichen Bande. Gleichzeitig bewirkte der Mangel an Ellbogenkraft, die jeder ehrgeizige Mensch im Leben entfalten muß, wenn er an die Oberfläche gelangen will, daß man aufhörte, sich mit ihm zu beschäftigen. Seit Jahren schon schwieg Wrześmian und veröffentlichte seine Werke nicht mehr. Abgesondert von den Menschen in seinen vier Wänden, in einer Wohnung irgendwo in einem Vorortwinkel, war er von der literarischen und gesellschaftlichen Szene verschwunden.

Seinen Willen respektierend, drängte ich mich ihm seit längerer Zeit nicht mehr mit meinen Besuchen auf, obwohl er mich mochte und ich auch fühlte, daß ihm meine Gesellschaft durchaus nicht lästig war. Erst gestern, das heißt einen Monat nach Amelias schrecklichem Tod, wagte ich den Schritt, der mich wie auf einen geheimen Befehl zu diesem ungewöhnlichen Menschen brachte.

Ich fand ihn in dem kleinen grauen Haus am Ende einer Vorstadtstraße, die Ellbogen auf den Sims des geöffneten Fensters gestützt, den Blick in die Ferne gerichtet. Tief in Gedanken versunken, merkte er gar nicht, daß ich sein Zimmer betreten hatte. Erst als ich seine Schulter berührte, erwachte er aus dem Nachsinnen und wandte sich lebhaft mir zu.

»Welch eine Überraschung!« sagte er und drückte mir herzlich die Hand. »Ich dachte schon, du hast mich völlig vergessen.«

»Ich wollte mich nicht aufdrängen. Ich weiß doch, daß du allzu häufige Besuche nicht magst.«

»Das ist wahr, doch du bist in meinem Haus ein stets willkommener Gast.«

»Ich danke dir. Um die Wahrheit zu sagen, führt mich ein bestimmtes Anliegen zu dir.«

»Bitte sprich, worum geht es?« Er sah mich aus seinen ausdrucksvollen grauen Augen fragend an.

»Um nichts Konkretes. Ich suche bei dir nur eine Art moralischer Unterstützung und ein paar spezielle Erläuterungen, ein bißchen ungreifbarer Natur. Ich bin, weißt du, seit geraumer Weile, sagen wir seit zwei Jahren etwa, ein wenig aus dem seelischen Gleichgewicht geraten, ich brauche deinen Rat und wüßte gern deine Ansicht zu einer mich gegenwärtig beschäftigenden Frage. Vielleicht kannst du das düstere Problem, das mich schon seit langem verfolgt, lösen oder wenigstens ein wenig erhellen?«

»Geht es um ein psychisches Problem?«

»Nein, eher um ein metaphysisches. Es handelt sich um Praderas Tod.«

Wrześmian fuhr unruhig in seinem Sessel auf. »Merkwürdig; auch mich hat diese Angelegenheit von Anfang an stark beschäftigt. Kannst du mir außer all dem, was in den Zeitungen darüber stand, nähere Angaben dazu machen? Bist du etwa auf eigene Faust zu neuen detaillierten Erkenntnissen gelangt?«

»Hast du nichts über seine Frau gehört?« antwortete ich mit einer Gegenfrage.

»Nein. Seit ein paar Monaten ist keine Nachricht

von außen in meine einsame Klause gedrungen. Ich lese ja keine Zeitungen.«

»Amelia Pradera ist vor einem Monat durch Selbstmord ums Leben gekommen. Da die Umstände, die dem Tod dieser ungewöhnlichen Frau vorangingen, eng mit meinen persönlichen Erlebnissen verbunden sind, und ich, ohne es zu wollen, zu ihrem schrecklichen Ende beigetragen habe, muß ich dir gewisse Einzelheiten mitteilen. Ich würde ja lieber schweigen, wäre nicht die tiefe Überzeugung, daß Verlauf und tragisches Ende meiner Freundschaft zu ihr mit dem Tod ihres Mannes in übernatürlicher Weise zusammenhängen. Ich denke, daß die Kenntnis gewisser Momente aus den letzten Monaten im Leben Amelia Praderas dir die Aufgabe erleichtern wird. Natürlich erwarte ich völlige Diskretion.«

Wrześmian antwortete mit einem nachdenklichen Lächeln.

»Daran brauchst du wohl nicht zu zweifeln«, sagte er nach einer Weile und sah mich forschend an. »Es muß dir doch sehr daran liegen, wenn du dich zu einer solchen Preisgabe entschließt.«

»Ja, ich fühle, daß meine künftige Lebensauffassung davon abhängt, vielleicht sogar meine ganze künftige Existenz. Ich möchte gern wissen, wer von uns beiden recht hat, er oder ich? Ob ich seinen Tod als Ausdruck der Sympathie ansehen soll, die mir die höheren Mächte, deren Verbündeter ich bin, bekundet haben, oder ob er nur das Werk eines Zufalls war. Ich möchte in Erfahrung bringen, ob die Anstrengung des ganzen Lebens nötig war, ob das, um das ich kämpfte – um das wir im Grunde genommen beide, ich und auch du, kämpften –, gut und evolutionsmäßig positiv gewesen ist oder relativ und problematisch. Ich nehme an, daß du, der du nicht im brodelnden Kessel der Ereignisse und Abenteuer des Lebens herumgewirbelt wirst und dafür mehr in der Welt metaphysischer Erfahrungen zu Hause bist, eher in der Lage sein wirst, die unsichtbaren Wellen zu berühren, die ständig von dort an unsere Ufer fließen. Ich vertraue deiner Intuition!«

»Mir scheint, du überschätzt meine Kräfte«, entgegnete er, während er die Jalousien herunterließ und die Lampe anknipste, denn es wurde draußen schon dunkel.

»Ich weiß, was ich sage. Im übrigen hör zu!«

Und ich erzählte ihm kurz, mich auf das Wichtigste beschränkend, wie es zu der Bekanntschaft mit Amelia gekommen war. Er hörte aufmerksam zu, ohne mich auch nur mit einem Wort zu unterbrechen. Als ich schloß, saß er noch lange Zeit schweigend da, den Blick in die dunkler werdenden Schatten in der Zimmerecke versenkt.

»So hat Pradera eine weitere Niederlage hinnehmen müssen«, sagte er schließlich, die Augen langsam auf mich richtend. »Das, was er bezweckte, als er sie deiner Obhut anvertraute, ist total fehlgeschlagen. Amelia war ein Instrument seiner Rachsucht. Und sie wurde zum Opfer ihrer Weiblichkeit und ihrer Liebe zu dir.«

»Ja. Doch diese Tatsachen geben mir keine unbedingte Gewißheit, daß sie auf den Willen einer höheren Gewalt zurückzuführen sind, daß sie wirklich und wahrhaftig auf der Entwicklungslinie einer Evolution liegen und zur Beseitigung der Hindernisse, die sich dem Geist in den Weg stellten, nötig waren.«

»Freilich, Gewißheit haben wir keine. Ich will dir offen bekennen, daß ich dir vorläufig zu Amelias Tod nichts Endgültiges zu sagen vermag. Mit den Umständen wurde ich jetzt zu plötzlich konfrontiert, als daß ich schon etwas über ihre tiefere Bedeutung sagen könnte. Im übrigen geht es hier um eine Frau; in solchen Fällen verkompliziert sich die Angelegenheit enorm, da hier das Element der Sexualität mit ins Spiel kommt, ein autonomes gewissermaßen, das häufig gar nicht mit den Linien höherer Ordnung in Berührung kommt. Dabei schließe ich keineswegs tiefere Verbindungen aus, die deine so tragisch zu Ende gegangene Liebesaffäre gehabt haben mag, doch vorläufig kann ich sie noch nicht erkennen. Sicher ist nur, daß Amelia zum Schluß kein normales Wesen mehr war und daß die unmittelbare Ursache ihres Todes, scheint mir, durchaus im Jenseits liegen kann. Im übrigen ist, wie du weißt, eine gültige Antwort auf diese Frage eine sehr riskante Angelegenheit. Man kann ja die Erscheinungen, die ihre letzten Tage begleiteten, so vielfach deuten . . .«

»Da hast du recht. Doch wenn die Ursachen ihrer Angst keine Hirngespinste waren und auch keine Folge von telekinetischen Erscheinungen ihres eigenen Ich, so können sie nur ihre Wurzeln in der Realität haben . . .«

»In diesem Falle hat Pradera eigenhändig das Werkzeug seiner mißglückten Rache in den Abgrund gestoßen.«

»Nachdem er feststellen mußte, daß es sich als untauglich erwiesen hat.«

»Natürlich. Aber es gäbe auch noch eine andere Möglichkeit.«

»Jaja. Das weiß ich, leider.«

»Mehr könnte ich dir statt dessen über den Tod ihres Mannes sagen.«

»Hat sich deine Ansicht dazu schon gefestigt?«

»Eigentlich mehr auf drei Möglichkeiten beschränkt. Im allgemeinen wird eine vierte Möglichkeit angenommen, der sogenannte Zufall, den ich hier ganz entschieden ausschließe.«

»Warum?«

»Ich glaube nicht an den Einfluß des Zufalls auf ungewöhnliche Menschen. Meine langjährigen Beobachtungen haben mich überzeugt, daß sein Wirkungsbereich viel enger ist, als man gemeinhin annimmt. Pradera war eine viel zu starke Persönlichkeit, als daß über sein Schicksal ein so launischer Faktor hätte entscheiden können. Vom Zufall regiert wird nur das Leben labiler Menschen, die kein eigenes Stehvermögen haben.«

»Wie soll in dem Fall deiner Ansicht nach die Möglichkeit des Zufalls bewertet werden?«

»Praderas Tod kann durch einen Schlag erfolgt sein, zu dem geheimnisvolle Mächte aus dem Jenseits gegen ihn ausgeholt haben.«

»Die gleichen Mächte, die er sein ganzes Leben hindurch bekämpft hat.«

»Oder deren Existenz er nicht hat anerkennen wollen. Bis zu einer gewissen Grenze erlaubten sie dem ihnen feindlich gesonnenen menschlichen Individuum, sich vorzuwagen, doch als es in seiner Unverfrorenheit zu weit ging, haben sie es vernichtet.«

»Auch ich habe die Sache bis jetzt so betrachtet.«

»Du hast also heute deine Meinung geändert?«

»Ab heute weiß ich nicht mehr, was ich davon halten soll. Der schwere Schock, den ich durch Amelias Tod erlitten habe, hat meinen früheren Glauben ins Wanken gebracht. Ein Stein hat sich in meinem Gedankengebäude gelöst und droht, es einstürzen zu lassen. Mir haben sich plötzlich neue Perspektiven eröffnet.«

»Welche?«

»Ich bin nicht einmal in der Lage, sie dir zu beschreiben. Sie sind grau, trübe. Ich fürchte mich vor ihnen und habe Angst, in diese Richtung zu blicken.«

»In diesem Fall wäre es besser gewesen, du wärest nicht mit dem Problem zu mir gekommen. Vielleicht führt gerade eine der übriggebliebenen beiden Möglichkeiten in die Richtung, die du so fürchtest.«

»Ich bleibe bei meiner Bitte. Hilf mir, mich in diesem düsteren Bereich zurechtzufinden.«

»Pradera kann vom kollektiven Willen einer bestimmten Gesellschaftsgruppe ermordet worden sein. Der Minister hatte viele Freunde, aber auch nicht wenige Feinde. Er war von den Strudeln unterschiedlichster menschlicher Gefühle umgeben. Es kann sein, daß vorübergehend die ihm feindlich gesonnenen Ströme Oberhand gewonnen hatten; vielleicht wurde ein Vakuum ausgenutzt, das sich für kurze Zeit um ihn gebildet hatte, möglicherweise hat Pradera an jenem verhängnisvollen Tag die neutrale Zone betreten, die den feindlichen Kräften den Zugang erleichterten ... Vielleicht wurde ein passender Moment in seinem Leben ausgenutzt ...«

»Was für ein Moment?« fragte ich. »Was meinst du damit?«

»Ich meine ein Augenblick des Zauderns, ein Moment gewöhnlicher menschlicher Schwäche, Zweifel, Furcht, Angst ... Der Tod stürzt sich bekanntlich am liebsten auf innerlich geschwächte Organismen ...«

»Merkwürdig, höchst merkwürdig«, flüsterte ich und blickte in das konzentriertes Nachdenken ausdrückende Gesicht des Freundes. »Hast du etwas von unserem nicht zustande gekommenen Duell gehört?«

»Ich weiß alles. Es sollte gerade an jenem kritischen Tag stattfinden. Wer weiß, vielleicht war er infolgedessen innerlich weniger abwehrfähig ...«

»Und die dritte Möglichkeit?«

»Den Minister hat durchaus auch der starke, konzentrierte Wille einer einzelnen Persönlichkeit beseitigen können. Natürlich wäre in allen drei Fällen unmittelbare Ursache seines Todes die Tat einer menschlichen Hand, die allerdings jeweils nur die

Rolle eines blinden Werkzeugs gespielt hätte. Das Verbrechen an Pradera hat gewisse charakteristische Eigenschaften, die mich zu dem Schluß brachten, daß es nicht die Realisierung eines selbständigen eigenen Gedankens war. Ich habe den Eindruck, daß der Mörder unter dem Einfluß eines geheimen Befehls gehandelt hat. Daher der Zug des Unheimlichen, der für diese Angelegenheit so charakteristisch ist, daher auch die unsäglichen Schwierigkeiten, auf die die Ermittlungsorgane auf Schritt und Tritt gestoßen sind.«

»Daß eine gewisse spezifische Stimmung einer größeren menschlichen Gruppe eine entsprechende Tat suggerieren kann, scheint mir durchaus im Bereich des Möglichen«, bemerkte ich, als er eine Pause nach seiner Beweisführung machte. »Doch daß der konzentrierte Wille eines Individuums jemanden zu einer solchen Tat treiben kann, halte ich denn doch für sehr zweifelhaft. Es sei denn, dieser jemand erhielte in hypnotisiertem Zustand einen solchen Befehl.«

»Nicht unbedingt. Bei großer gedanklicher Anstrengung ist auch ähnliches in wachem Zustand möglich. Natürlich gelingt dies nicht jedem bei jedem. Ich nehme an, daß in diesem Falle der Mörder eine sehr labile Persönlichkeit gewesen sein muß und sehr beeinflußbar von fremdem Willen . . . Der menschliche Gedanke ist mächtig und kann, wenn er sich zu einer ziemlichen hohen Spannung verdichtet, Wunder bewirken.«

»Hast du denn im eigenen Leben Beweise dafür gefunden?« fragte ich, noch immer zweifelnd.

Wrześmian erhob sich langsam und trat ans Fenster.

»Schau mal, dort drüben . . .«, sagte er und zog die Jalousie hoch.

Ich ging hin und blickte in die gewiesene Richtung. Auf der gegenüberliegenden Straßenseite, die wie ein schmales Band im Mondlicht leuchtete, erhob sich vor einer Reihe Pappeln und Zypressen eine einsame Villa.

»Das ist mein Gebiet«, sagte er mit tiefer, bebender Stimme. »Das ist das Haus meiner Erfüllungen.«

»Das Haus deiner Erfüllungen?« wiederholte ich mechanisch fragend und lauschte dem Klang dieser mir unverständlichen Worte nach.

»Eine einsame Villa, die ich mit den Geschöpfen meiner Gedanken gefüllt habe«, erklärte er und blickte auf das geheimnisvoll aussehende Haus zwischen den Zypressen.

»Dein Eigentum?« fragte ich naiv.

Er lächelte.

»Mein geistiges. Heute wird es mir keiner mehr nehmen. Hahaha! Wenn ihr leichtsinniger Eigentümer jetzt zurückkehren und dort wieder einziehen wollte, würde es dort mächtig »spuken«. Es ist gefährlich, in einem Raum zu leben, der prall gefüllt ist mit menschlichen Gedanken.«

»Wie seltsam du redest«, flüsterte ich und ließ meinen Blick die Trauerweidenallee entlanggleiten, die zur Eingangstür führte, über die Giebelfront des Hauses, über die das Mondlicht widerspiegelnden Scheiben.

»Hörst du das Flüstern des Springbrunnens?« fragte er mit gedämpfter Stimme. »Die Fontänen sprühen leise, sie singen ...«

»Das Lied vom Wasser ...«, ergänzte ich, der Stimmung hingegeben.

Wześmian wies mit der Hand auf die einsame Villa.

»*Sie* sind dort schon alle versammelt«, sagte er langsam, gedankenvoll. »Sie warten auf mich ... Tagtäglich rufen sie mich zu sich ...«

»Von wem sprichst du?« fragte ich verwundert.

»Diese Leute – diese Geschöpfe – sind Kinder

meiner Gedanken, für die ich meine Worte hingegeben habe, um sie in Gestalten zu verkörpern, damit sie leben.«

»Das ist doch Wahnsinn . . .«

»Das ist eine höhere Wirklichkeit – das sind Worte, die Fleisch geworden sind . . .«

»Das sind doch Vampire wahnsinniger Gedanken!«

»Vielleicht sind es Gespenster . . . Doch da sie die erste, höchste, weil schwierigste Realisierung der Gedanken auf Erden sind, muß ich zu ihnen, zu ihnen . . .«

»Wrześmian, verlaß diesen Ort und zieh eine Zeitlang zu mir«, bat ich ihn und schüttelte den düsteren Zauber ab.

»Niemals! . . . Gestern erhielt ich von ihnen bereits das erste Zeichen. Bald erwarte ich weitere . . . Sie werden langsam ungeduldig und drängen zur Eile . . . Sie brauchen mich . . . können ohne mich nicht leben . . . Ich . . . bin ihr Vater . . . Geh jetzt, ich bitte dich, geh . . . Ich will allein bleiben, ganz allein . . .«

In dem Augenblick sah ich ihn an. In seinen Augen flackerte Wahnsinn. Da mir dieser Wahn Angst einflößte, ging ich hinaus, ohne noch ein Wort zu sagen.

Im Altersheim

Der Herbst war ins Land gezogen – ein goldener, wehmütig lächelnder polnischer Herbst. Die letzten Rosen waren schon verblüht, und der wilde Wein an den Altanen und Gartenlauben hing in kraftlosen roten Ranken herab. Am Horizont rötete sich, in einen morgendlichen Nebelschweif gehüllt, die weit in den Raum reichende Linie der Wälder, auf den Rasenflächen kuschelten sich leise raschelnd welk gewordene Kastanienblätter zur letzten Ruhe. Aus den Vorstadtgärten, wo man mit Strohmatten die Mistbeete vor morgendlichen Frösten schützte und die Scheiben der Treibhäuser abdeckte, fuhren die Gärtner noch verspätet gereifte Früchte zur Stadt. Aus den Blumentöpfen und Vasen an den Fenstern der Wohnhäuser neigten sich die gefransten Blüten der Chrysanthemen, kündeten traurige Astern vom Ende der Saison ... Der Herbst war ins Land gezogen – ein goldener, in den Kokon der Melancholie, in Schleier der Nebel eingesponnener Herbst.

Herbst war es auch in Pomians Seele. Ein Gefühl unsagbarer Vereinsamung hatte sich mit tausend Wurzeln festgesetzt und gab seinem Leben die grauen Farben des Brachlands. In kurzen Abständen hatten ihn zwei schwere, schmerzhafte Schicksalsschläge getroffen: der Tod der Geliebten und das plötzliche Ableben des Freundes. Ein paar Wochen nach seinem letzten Besuch erreichte ihn die Nachricht von Wrześmians geheimnisvollem Ende. Die Leiche des Einsiedlers, erstarrt im Todeskrampf, mit gekreuzten Armen kraftlos über den Fenstersims gebeugt, fand man in der abgelegenen, schon seit Jahren von ihrem Besitzer verlassenen Villa gegenüber dem Haus, in dem er am Ende seines Lebens wohnte.

So war der Mensch aus der Welt geschieden, mit dem ihn so starke, geistige Gemeinsamkeiten verbanden, stärkere vielleicht, als er es noch zu Lebzeiten des seltsamen Träumers vermutet hätte. Mit Wrześmians Dahinscheiden war irgend etwas in ihm zerbrochen. Als wäre in ihm eine Hauptschlagader geplatzt, die ihn mit dem Leben und dessen Angelegenheiten verbunden hatte. Mit der Zeit nahm des Freundes Tod für ihn symbolhaften Charakter an, wurde zu einem Wegweiser in die Zukunft, zu einer Art Warnung. Da ihm so etwas wie eine zweite, tiefere Seite seiner Seele fehlte, hielt er innere Einkehr und festigte den anderen, unterbewußten, wesentlicheren Strom seines Ich.

Solange jener gelebt und gewirkt hatte, konnte Pomians Schaffen gewissermaßen durch das Schaffen des Freundes gerechtfertigt werden. Wrześmians Werke waren gleichsam eine Idealisierung der Fragen und Probleme, die Pomian auf recht irdische Weise, viel konkreter und direkter, gelöst hatte. Des Freundes literarisches Schaffen war eine Art Entsühnung seiner eigenen sinnlichen Seite, eine Art »Reinigungsopfer« für Pomians »Sünden«. Diese beiden außergewöhnlichen Künstler ergänzten sich gegenseitig in einzigartiger und ungewöhnlicher Weise; nur nahm einer von ihnen alle Last der Selbstverleugnung auf sich und blieb im Schatten, während der zweite, für den Kampf um die Gunst der Massen einfach besser ausgerüstet, aufging im Glanz des Ruhms und der Eroberung ... Pomian war sich der stillen Opferbereitschaft des Freundes klar bewußt, und als es ihn nicht mehr gab, konnte und wollte er auch nicht im Alleingang wirken. Doch um Wrześmians Last auf sich zu nehmen und beider Rollen auf sich zu vereinen, fühlte er jetzt nicht mehr genügend Kraft ...

Wie ein beharrlicher Refrain drängte sich ihm immer wieder ihre letzte Unterhaltung auf. Besonders die letzten Worte nahmen überdimensionale Ausmaße an und überschatteten alle anderen Dinge seines Lebens. Er konnte an nichts anderes mehr denken. Zugleich wiederholte sich in seinen Träumen immer wieder ein bestimmtes Motiv. Es waren landschaftliche Bilder, die eine Widerspiegelung von früher tatsächlich einmal Geschautem und Erlebtem zu sein schienen.

Er träumte von einem Haus in einer entlegenen Wohngegend der Stadt, das auf der rechten Seite einer engen, steil ansteigenden Gasse lag. Das Haus war ihm irgendwie bekannt, bekannt auch die Gasse, doch da er offenbar an diesem Orte nur ein einziges Mal im Leben gewesen war, fiel es ihm schwer, dort im Wachzustand wieder hinzufinden.

Die Hartnäckigkeit des Traumbildes ärgerte und verwunderte ihn gleichermaßen. Es sah ganz so aus, als wollte die unterbewußte Sphäre seines Ich einem geheimen Wunsch Ausdruck verleihen, der sich im Wachzustand nicht zu äußern vermochte.

Der monotonen nächtlichen Visionen leid, beschloß er schließlich, diesen Ort zu suchen und sich auf die Weise eventuell von ihrer Aufdringlichkeit zu befreien.

Wenn die Gasse im Traum einer real existierenden entsprechen sollte, mußte er sie im Süden der Stadt, in einem hügeligen Teil suchen. An einem sonnigen Septembertag lenkte Pomian seine Schritte in diese Richtung.

Sein Orientierungssinn trog ihn nicht.

Es war eine der ältesten und ärmsten Gegenden,

die ihm nur dem Namen nach bekannt war, da er nie zuvor seinen Fuß hierhergesetzt hatte. Vor Jahrhunderten Ausgangspunkt und Wiege der späteren Stadt, war sie heute auf das Niveau einer Vorstadt-Suburra herabgesunken, von zweifelhaften und zwielichtigen Elementen bewohnt. Unterhalb eines lehmigen Uferbruchs, an dessen Hänge sich jetzt mit Schindel oder Dachpappe gedeckte kleine Häuser schmiegten, war vor Jahren das Strombett des großen Flusses verlaufen, jetzt wand sich an seiner Stelle eine breite, lokkere, schmutziggelbe Sandstelle zwischen den Häusern hin, da und dort mit Weidengebüsch bewachsen; das Flußbett hatte sich nach Nordwesten verlagert und mit ihm der Pulsschlag der Stadt.

Pomian ging langsam die Brunnengasse hinab, die die Wand des Uferhangs in ihrer ganzen Länge durchschnitt und auf ihrem Wege alle wichtigeren Straßen und Gassen des Viertels kreuzte.

In der Luft hing staubdurchsetzter, rotgoldener, herbstlicher Sonnenglanz. Den Schornsteinen entstiegen dichte Rauchschwaden, die über den Dächern hingen und der Vorstadt eine Dunstglocke aufsetzten. Die Staubwolken, die von Droschken und Lieferwagen aufgewirbelt wurden, drehten sich als graue Spiralen in der Sonne und erschwerten ihm das Atmen.

Nachdem er die dritte Seitenstraße überquert hatte, blieb er am Eingang einer schmalen, von einem Plankenzaun umsäumten Gasse stehen. Irgend etwas an ihr machte ihn stutzig. Er blickte auf das Straßenschild, das an einem Lichtmast an der Ecke angebracht war, und las: Vogelgasse.

Ohne die Gefühle, die plötzlich auf ihn einstürzten, zu analysieren, änderte er die Richtung und begann einen engen, auf beiden Seiten mit Brettern eingefaßten Weg bergan zu steigen.

Ein Pfad, nur für Vögel, fürwahr! dachte er und sah sich neugierig um. Aber bekannt kommt er mir irgendwie vor. Ich hab den Eindruck, als ginge ich nicht zum erstenmal hier entlang. Diese Eberesche, die ihre Zweige durch die Scharten des Bretterzauns schiebt, hab ich doch schon einmal gesehen. Dieser einzige leuchtende Punkt im Grau der Umgebung ist mir doch schon einmal aufgefallen ...

Irgendwann war der Lattenzaun zu Ende, und es begann eine Zeile alter, halb zerfallener ebenerdiger Hütten. Sie waren umgeben von kleinen, schmutzigen, nach Spülicht stinkenden Höfen, da und dort stand ein Baum oder Strauch, der aussah, als wäre er von der Auszehrung befallen.

Wie hoffnungslos! Daß hier überhaupt Menschen leben können! Er wandte die Augen ab und blickte wieder auf den Weg vor sich.

Nach zehn Minuten brach die Häuserzeile ab, und zu beiden Seiten des Weges begannen leere, mit dürrem Gras bewachsene Weideflächen. Am Ende der einen zeichnete sich ein einsamer Gebäudekomplex ab.

Als er näher herankam, sah er, daß es sich um ein geschlossenes Anwesen handelte, umgeben von einem Lattenzaun und Hecken. Eine kleine Brücke verband die Eingangspforte mit dem Weg; über der Pforte las er auf einem halbrunden Schild die Aufschrift: »Armen- und Altenheim«.

Er sah in eines der Fenster im ersten Haus. Der Glanz der untergehenden Sonne, den die Scheibe reflektierte, weckte die verschwommene Erinnerung: Plötzlich war alles in grellen Farben zum Leben erwacht! Jetzt fiel ihm wieder ein, woher er diesen abgelegenen Winkel kannte; hier war er schon einmal entlanggegangen, und zwar am Vorabend des nicht zustandegekommenen Duells mit Pradera. Versunken in

Gedanken an ihn und an das, was der nächste Tag ihnen beiden bringen sollte, hatte er sich während seiner abendlichen Wanderung bis hierher in die Vogelgasse verirrt und war fast bis zum Altenheim vorgedrungen.

Die gegenwärtige Situation hatte sogar eine besondere Ähnlichkeit mit einem gewissen Moment jener Situation vor zwei Jahren. Ähnlich wie damals, hatte er auch heute unversehens in dieses erste Fenster mit der grünen Gardine geblickt, und ähnlich wie damals hatte sich die untergehende Sonne darin gespiegelt. Doch es gab auch einen Unterschied ... O ja ... Damals am Vorabend des unheilvollen Tages hatte er noch mehr hinter dieser Fensterscheibe gesehen. Er hatte ein bleiches, erschöpftes, mit hektischen Flekken bedecktes Gesicht gesehen, das lebensmüde Gesicht irgendeines Mannes. Ihre Blicke hatten sich getroffen und für Sekunden ineinander versenkt. Danach hatte er den Kopf abgewandt und war weitergegangen, vorbei an dem Altenheim ... Heute war niemand am Fenster: Sein Blick fiel nur auf den roten Abglanz der Sonne ... Jaja ... das war der Unterschied zwischen diesem Augenblick und jenem ... vor zwei Jahren ...

Da kam ihm ein Gedanke, der nach wenigen Minuten zu einem festen Entschluß wurde: Er mußte diesen Menschen unbedingt wiedersehen. Er mußte die Gelegenheit nutzen und ihn hier unter diesen Alten und Armen suchen. Etwas Unwiderstehliches zog ihn zu ihm. Wer weiß, vielleicht suchte er ihn schon lange? War nicht der hartnäckig sich wiederholende Traum, der seit einigen Wochen immer wieder das gleiche Bild zeigte, ein deutlicher Hinweis, wo er zu suchen war?

Er zog den Klingelgriff an der Pforte. Nach einer Weile kam ein alter, grauhaariger Pförtner.

»Wollen Sie einen Angehörigen besuchen?« fragte er, noch ehe Pomian etwas sagen konnte.

»Ich bin Journalist«, erklärte Pomian mit einem rasch erfundenen Vorwand. »Ich wollte mir mal die Anstalt ansehen, von der ich schon so viel Gutes gehört habe.«

Der Alte ließ ihn mit höflicher Geste eintreten. »Bitte sehr«, sagte er und schloß die Pforte hinter ihm. »Vielleicht möchten Sie zunächst mit dem Leiter der Einrichtung sprechen?«

»Danke. Vorerst möchte ich dieses und jenes nach eigenem Ermessen besichtigen. Kann ich hier im Garten zwischen den Häusern entlanggehen?«

»Bitte, bewegen Sie sich im Gelände ganz nach Belieben. Falls Sie irgendwelche Informationen von unserem Herrn Direktor einholen wollen, melden Sie sich bitte in dem Haus hinten rechts unter den Kastanien. Dort finden Sie ihn.«

»Herzlichen Dank!«

Pomian drückte ihm eine Münze in die Hand und ging den von Johannisbeerbüschen gesäumten Weg entlang, der gleich an der Pforte begann und an vielen sauberen, mit roten Schindeln bedeckten Häusern bis zum Ende des Anwesens führte. Zwischen den Sträuchern, deren Früchte längst abgeerntet waren, und dem Lattenzaun erstreckten sich lange Reihen von Gemüsebeeten. In der herbstlichen Sonne wärmten sich die runden Köpfe der Melonen und Kürbisse, dufteten die ovalen Leiber der Gurken, schimmerten blutrot saftige Tomaten. An derben Stengeln drehten sich sonnendurstige Sonnenblumen um die eigene Achse, darunter stand kräftiges Spargelkraut, das Ergebnis mehrjähriger Kultivation. Und weiter, von Wegen eingegrenzt, Kohlrüben, Krautköpfe und Kohlrabi.

Am Ende der Johannisbeerallee, vor einem grauen

Haus mit Fuchsientöpfen vor den Fenstern, saßen auf einer Bank ein paar Greise. In herbstliche Gedanken versunken, hatten sie die Köpfe auf die über den Spazierstöcken gefalteten Hände gestützt. Sie blickten nicht einmal hoch, als er an ihnen vorüberging, so gleichgültig war ihnen alles geworden ...

Ein paar Schritte weiter goß eine Alte mit schwarzem, über den gekrümmten Rücken geschlungenem Tuch aus einer Gießkanne ein Beet mit bescheidenen Blumen. Blumen, die man in Vorortgärten sehen kann oder unter den Fenstern von Bauernkaten an Feldwegen: rote und violette Malven, lilarosa Eibisch und graue Skabiosen. Daneben grub ein großer Mann in grauem Staubmantel ein Beet um. Der breite Mützenschirm beschattete sein Gesicht. Als Pomian an diesem Pärchen vorbeischritt, richtete sich der Gärtner plötzlich auf und sah den Vorübergehenden an. Da erkannte Pomian in ihm den Mann, den er suchte. Es war dasselbe welke, schrecklich lebensmüde Gesicht, das er damals durch die Fensterscheibe gesehen hatte.

Er trat an ihn heran, lüftete den Hut und stellte sich vor.

»Szantyr, Postbeamter im Ruhestand«, entgegnete jener und erwiderte die Verbeugung. Er warf den Spaten beiseite und wischte sich den Schweiß von der Stirn.

»Uff!« sagte er dann verschnaufend in völlig ungezwungenem Ton, als hätte er einen alten Bekannten vor sich. »Das war heute eine gehörige Anstrengung. Bitte, kommen Sie mit in mein Zimmer. Es ist nicht weit von hier. In dem Haus da drüben, im Seitenflügel. Dort können wir uns ungestörter unterhalten. Ich hatte schon gespürt, daß Sie dieser Tage kommen würden.«

Pomian war verblüfft.

»Aber Sie haben mich doch noch niemals im Leben gesehen?« sagte er fast protestierend.

Szantyr lächelte. »Sie scherzen, mein Herr. Ich könnte das gleiche von Ihnen sagen. Trotzdem kennen wir uns seit langem ... Im übrigen ... Sie sind doch einzig und allein hierhergekommen, um mich zu sprechen.«

Sie gingen in sein Zimmer, ein freundliches, sonniges, bescheiden eingerichtetes Stübchen.

»Hier wohne ich«, sagte der Gärtner und bot ihm einen Stuhl an. »Für dieses Zimmerchen und den Unterhalt muß ich denen hier meine ganze Pension hingeben und außerdem den Posten eines vollbeschäftigten Anstaltsgärtners ausüben.«

»Das ist doch aber eine sehr angenehme Aufgabe«, erwiderte Pomian, um überhaupt etwas zu sagen. »Bewegung an frischer Luft ist doch nicht schlecht.«

»O ja, besonders für meine überaus strapazierten Nerven.«

Szantyrs letzte Worte riefen in Pomian besondere Erinnerungen wach. Plötzlich wurde ihm bewußt, daß er vor Jahren diesen Namen in den Tageszeitungen im Zusammenhang mit irgendeinem sensationellen Fall gelesen hatte.

»Ihren Namen kenne ich von irgendwoher«, sagte er und sah ihn interessiert an, »es ist mir unklar in Erinnerung, daß es vor zehn, vielleicht auch vor elf Jahren irgendeinen gewaltigen Skandal gab, dem angeblich ein Mann zum Opfer fiel, der diesen Namen trug.«

Szantyr senkte traurig den Kopf.

»Sie haben ein gutes Gedächtnis. Ja – ich wurde Opfer eines gewissenlosen Hypnotiseurs.«

»Eines Arztes, wie ich hörte?«

»Ja – eines Dr. Wokierda. Er hat den Einfluß, den er aufgrund langjähriger Experimente auf mich ausübte, dazu benutzt, mich durch einen Befehl in der Hypnose zur Ausführung einer schändlichen Tat zu veranlassen.«

»Die Wahrheit ist doch aber sicher ans Licht gekommen?«

»Ja, der Verteidiger hat meine Unschuld aufgedeckt. Ich wurde freigesprochen und er als eigentlich Schuldiger verurteilt. Doch bald danach mußte ich meine Stellung aufgeben. Mein Organismus war durch die Experimente dieses Schufts so zerrüttet, daß ich meinen beruflichen Aufgaben nicht mehr voll genügen konnte. So hab ich mich halt für den Rest des Lebens hier vergraben.«

Für eine Weile herrschte Schweigen. Pomian war verlegen. Nun, da er diesem Menschen Aug in Auge gegenübersaß, wußte er nicht, worüber er sich mit ihm unterhalten sollte. Doch Szantyr kam ihm zuvor und rettete die Situation.

»Sie sind mir ein paar Erklärungen schuldig«, sagte er plötzlich und sah ihn aus seinen trüben, ermatteten Augen unerwartet fest an.

»Bitte sehr. Ich bin jederzeit dazu bereit.«

»Sicher erinnern Sie sich an jenen Abend vor zwei Jahren, etwa um die gleiche Zeit, als Sie auf Ihrem Spaziergang, der Sie an unserm Altenheim vorbeiführte, zufällig einen Blick in eines der Fenster warfen?«

»Freilich, ich erinnere mich.«

»Sie haben damals an einen Gentleman im Abendanzug, in weißer Weste und mit Monokel gedacht.«

»Schon möglich. So genau weiß ich das nicht mehr. Ist ja auch nicht so wichtig.«

»Für mich aber sehr. Sie müssen damals an diesen Menschen mit äußerster Intensität gedacht haben.«

»Meinen Sie? Woraus schließen Sie das?«

»Weil mich seit jenem Moment, seit jenem einzigen

Blick, den Sie mir zugeworfen haben, das Bild dieses Stutzers pausenlos verfolgt hat.«

»In welcher Weise?«

»Ich hab ihn ständig vor meinem geistigen Auge gesehen; ich träumte von ihm die ganze folgende Nacht. Sie müssen diesen Mann sehr gehaßt haben!«

»Wie kommen Sie darauf?« fragte Pomian und erbleichte.

»Ihr Haß teilte sich auch mir mit. Wissen Sie, was mich am meisten an ihm reizte?«

»Nein. Woher sollte ich . . .«

»Sein Monokel, dieses widerliche, so herausfordernd ins Auge geklemmte Monokel, und sein Lächeln – das süffisante Lächeln eines Eroberers und Triumphators . . . Wer ist denn dieser Mensch?«

»Keine Ahnung«, log Pomian und wich seinem Blick aus.

»Sie kennen ihn, wollen es mir nur nicht sagen. Ich hätte nicht danach gefragt, gäbe es nicht manche Einzelheiten, die mit diesem Mann zusammenhängen und die mir ein paar Tage danach aufgefallen sind.«

»Was für Einzelheiten?«

»Eigentlich keine Einzelheiten, sondern vielmehr Gegenstände.«

»Sie drücken sich geheimnisvoll aus . . .«

»Ich rede deutlicher als Sie. Obwohl es umgekehrt der Fall sein müßte.«

Er erhob sich und begann unruhig durch das Zimmer zu gehen. Sein zerfurchtes Gesicht verfärbte sich zu ziegelfarbener Röte.

Da kam Pomian plötzlich ein Gedanke. Er nahm seinen Arm, sah ihn durchdringend an und sagte in ruhigem, aber befehlendem Ton: »Sie sind jetzt müde und erschöpft. Setzen Sie sich und ruhen Sie sich aus.«

Auf Szantyrs Gesicht spiegelte sich zunächst Verwunderung, dann aber hündische Unterwerfung und Demut. Schweigend gehorchte er dem Befehl und starrte mit schlaftrunkenen Augen ins Leere. In der nächsten Sekunde war er schon fest eingeschlafen.

»Gehen wir zwei Jahre zurück!« sagte Pomian und setzte sich ihm gegenüber. »Wir haben den 22. September.«

Szantyr schwieg. Nur seine Augäpfel, die nach oben gerollt waren, zitterten leicht.

»Die Mittagsstunde naht«, präzisierte Pomian die Situation. »Draußen ist viel Sonne ... Wir nähern uns dem Palais in der Jasnastraße ...«

»Jawohl«, bestätigte der Schlafende mit leiser Stimme, »wir nähern uns dem Haus in der Jasnastraße ...«

»Was siehst du dort?«

»Über das Geländer der Loggia gebeugt von weitem ...«

»Wer?« fragte Pomian.

»Ein Mann in einem Abendanzug, mit weißer Weste ... Dieser widerliche, brutale Zyniker, der mich selbstgefällig mit seinem Monokel mustert ...«

»Weiter, weiter!« drängte Pomian. »Was tust du? Was hast du vor?«

»Man müßte ihm dieses Glas aus den Augen schlagen, damit er mich nicht länger so höhnisch angrinst. Man müßte ihm die weiße Weste vom Leibe reißen, die Federn ausrupfen, diesem Gockel ...«

Wieder trat Schweigen ein. Nur Szantyrs Brust hob und senkte sich rasch bei kurz und pfeifend gehendem Atem.

»Ich halte das Messer fest in der Hand«, bekannte der Alte nach einer Weile, »mein gutes scharfes Gärtnermesser. Ich gehe immer geradeaus. Getragen von einer dunklen, unbekannten Macht – ich fühle in mir die Kraft eines Riesen; nichts kann mich hindern ... Diese Mauer? Eine Kleinigkeit! ... Ich krabbele die glatte Wand hoch wie eine Fliege, klettere hinauf wie ein Mondsüchtiger ... Nichts hält mich zurück ... Das Glück ist mir hold; keiner sieht mich: Die Straße ist wie leergefegt ... Schon bin ich auf der anderen Seite im Garten ... Bis jetzt hat er mich noch nicht bemerkt; er schmaucht ruhig weiter seine Zigarre, mit dem Rücken zu mir ... Es trennen uns nur noch knapp drei Meter ... Eine Kleinigkeit! Ich überwinde sie an der Regenrinne, hinauf zum Fenstersims. Ha! Jetzt dreht er sich um, sieht mich! Zu spät! Er entgeht dem Schlag nicht! Verrecke, Schuft!« ...

Hier sprang Szantyr vom Stuhl auf und wiederholte mit erhobener Hand die entsetzliche Geste von damals. Doch hatte ihn die Anstrengung völlig erschöpft, und mit Schaum vor dem Mund fiel er wie ein Stück Holz zu Boden.

»Muskelstarre«, brummte Pomian und zerrte den kraftlosen Körper aufs Sofa. »Ich helfe dir gleich, du Ärmster.«

Mit einigen Bewegungen beseitigte er die Starrheit in den Gliedmaßen. Doch er machte ihn nicht wach.

»Ruh dich ein wenig aus«, befahl er ihm. »Ich hab dir noch etwas zu sagen.«

Nach fünfminütiger Pause, als sich Szantyrs Züge wieder zu glätten begannen und sein Atem ruhiger ging, fragte er: »Wo sind die Sachen?«

»Im Schrank, in der Ecke links.«

»Gib sie mir gleich nach dem Aufwachen. In 5 Wochen, vom heutigen Tag an gerechnet, kommst du um 8 Uhr morgens auf den Südbahnhof. Du nimmst alles mit, was du besitzt, mit Ausnahme der Möbel. Um deine Zukunft brauchst du dir keine Sorgen zu machen. Ich denke fortan für dich. Du fährst bis zu dem Ort, für den die Fahrkarte gelöst ist. Um alles übrige kümmerst du dich nicht. Andere werden für dich sorgen. Und noch eins, das Wichtigste: Alles, was heute zwischen uns und was an jenem denkwürdigen 22. September vorgefallen ist, vergißt du für immer. Hast du mich verstanden?«

»Ich hab verstanden«, kam die matte, kaum hörbare Antwort.

»Du darfst nicht einmal im Schlaf davon träumen! Und vor dem Mann mit dem Monokel brauchst du keine Angst mehr zu haben! Er wird dir nie wieder erscheinen. Von heute ab hört dieser Mensch auf, für dich zu existieren. Wenn du in ein paar Minuten erwachst und mir dann die aufbewahrten Sachen gibst, gehst du gleich von hier aus in den Garten zu deiner gewohnten Arbeit.« Er legte ihm die Hand auf die Stirn und rieb sie ein paarmal hin und her. Szantyr öffnete die Augen und ließ den Blick erstaunt durch den Raum schweifen. Dann erhob er sich vom Sofa und ging mit automatenhaften Bewegungen zum Schrank. Pomian wartete schweigend. Der Gärtner öffnete die Schranktür und suchte etwas im unteren Fach.

»Hier ist es«, brummte er, holte ein kleines Bündel hervor und gab es dem Gast.

Pomian packte es auf. Es war eine weiße Weste mit einem großen, rostroten Flecken Blut auf der rechten Seite. Ein ähnlicher Fleck schimmerte an ihrem unteren Rand, so als hätte man sie mit blutigen Händen angefaßt. In einem der Seitentäschchen steckte das Monokel.

»Alles in Ordnung«, sagte Pomian, knotete das Bündel wieder zu und verschnürte es zu einem Päckchen. »Ich danke Ihnen für das kleine und doch so wertvolle Geschenk.«

Aber Szantyr war nicht mehr im Zimmer ...

Als Pomian wenig später die Gartenallee entlang

zum Ausgang eilte, sah er ihn von weitem in aller Seelenruhe sein Beet umgraben.

»Auf Wiedersehen«, warf er halblaut zum Abschied hin. »Auf Wiedersehen in 5 Wochen!«

Er eilte durch das Tor und dann die Vogelgasse hinab zur Stadt.

»*Ich bin bereit zu sterben – was wollt ihr mehr?*«

Als Pomian am 30. Oktober morgens gegen neun Uhr den Bahnsteig 3 des Südbahnhofs betrat, fand er dort Szantyr schon wartend vor. Es war höchste Zeit: Der Zug sollte in zehn Minuten abfahren.

Er drückte ihm rasch die Fahrkarte in die Hand, suchte ihm einen bequemen Platz, klopfte ihm aufmunternd auf die Schulter und sagte: »Sie fahren jetzt direkt nach Ungarn, nach Budapest, ohne umzusteigen. Ihre Papiere und der Reisepaß sind in Ordnung. Bitte, hier sind sie.«

Und er gab ihm eine kleine Kunststoffmappe.

»Sie finden darin auch das notwendige Geld für den Anfang.«

Szantyr machte eine abwehrende Geste. »Ich hab doch meine Pension.«

»Macht nichts. Schließlich habe ich diese Reise veranlaßt und muß auch dafür aufkommen. In Pest wird mein Cousin Sie vom Bahnhof abholen. Er wohnt dort mit seinen Angehörigen. Gute, anständige Menschen. Sie werden sich um Sie kümmern, als wären Sie Ihr Verwandter. Also dann, leben Sie wohl.«

Er schüttelte ihm die Hand und stieg aus. Der Zug setzte sich in Bewegung ...

Pomian verließ den Bahnhof und ging in Gedanken versunken die breite, beiderseits von Linden gesäumte Bahnhofstraße entlang.

So hat jetzt alles ein Ende, dachte er, als er an den Bauten des Güterbahnhofs vorbeischritt. Das also ist der Epilog. Wie unterscheidet er sich doch von den Tatbeständen, die ich noch vor einem Jahr angenommen habe: Demnach bin ich selbst der eigentliche Urheber des Mordanschlags gewesen. Kein anderer, nur ich selbst! Szantyr hat den Schleier des Geheimnisses, der bisher den Tod des Ministers umgab, gelüftet. Die Legende vom Eingreifen höherer Mächte ist wie eine Seifenblase zerplatzt. Und heute stehe ich einsam da mit meiner schrecklichen Tat. Keiner teilt sie mit mir! Keiner, keiner! Ich habe sie allein zu verantworten. Was für ein Zusammenbruch!

Er blieb stehen und setzte sich auf eine Bank. Aus dem Nebeldunst der vergangenen Tage tauchte der düstere Schatten eines zum Segen erhobenen priesterlichen Armes auf ...

Hahaha! Dieser Schatten hatte doch die Konturen des gehörnten Baphomet!

»Umbra benedicentis maledictus adumbratur«. Er erinnerte sich der Worte, die der symbolische Schatten illustriert hatte.

Hahaha! Das ist das Symbol meines Wirkens auf dieser elenden Erde. Das ist die Kehrseite meines »höheren« Strebens. Das ist die Abseite meiner Ideologie. Das symbolische Kriterium ihres ethischen Werts ... Wer weiß, vielleicht hatte Pradera recht? Vielleicht war ich es, der einem schrecklichen Irrtum unterlag? Vielleicht muß das Leben so und nicht anders sein? Vielleicht ist es immer nur ein großer Kompromiß? Vielleicht muß der Geist, der sich in körperliche Hüllen kleidet, stets auf manches verzichten? ...

Er – Pradera, der große weltliche Machthaber, war der Prototyp dieses Lebens, ich aber habe ihn vernichtet ... Wer sagt mir, daß ich damit nicht ein Verbrechen gegen das Leben begangen habe?

Das Leben! Das Leben! Zauberhaft und voller Reize wie eine junge, begehrenswerte Frau und wie sie voller Sünde!

Wo liegt die Wahrheit? Wo ist der Weg, der zu ihr

führt? So weit das Auge reicht – nur Irrwege, Abwege. Nirgendwo ein ruhender Punkt, eine Stütze, ein Wegweiser! Der Gedanke des kranken Geistes irrt auf Wegen ohne Ausgang ...

Es verbleibt die Ethik, die Moral ... Hahaha ... die normative Ethik, die Ethik als regulierendes Element in den gesellschaftlichen Beziehungen. Das Gewissen! Das Gewissen! ...

Er hatte noch ein Gewissen. Daher hatte er Szantyr von hier weggeschickt und die Beweise für die Mordtat an sich genommen, damit sie gegen ihn selbst, gegen Pomian, zeugten! Jetzt mußte er nur noch diesen Dachdecker aus den Klauen der Ermittlungsbehörden befreien, denn der arme Kerl war in letzter Zeit unter Verdacht geraten. Angeblich hatte er in jener fatalen Stunde das Dach des Palais in der Jasnastraße ausgebessert und den Schrei des Ermordeten gehört. Er hatte ihn gehört, aber sich dann doch nicht zwecks Aussage beim Untersuchungsrichter gemeldet, aus Angst, daß man ihn daraufhin des Verbrechens verdächtigen könnte ...

Armer Tor!

Bis schließlich jemand vor einem Monat aussagte, daß er ihn in jenem Augenblick auf dem Dach gesehen hatte. Sie kriegen es fertig, ihn jetzt zu verurteilen! ...

Doch daraus wird nichts! Er wird ihnen den wahren Mörder zeigen. Freiwillig wird er sich in ihre »gerechten« Hände begeben. Man wird ihm glauben. Glauben müssen. Er kann schließlich die »Beweise« dafür vorlegen.

Er blickte auf das kleine, sorgfältig verschnürte Bündel und lächelte.

Das ist das *Corpus delicti.* Das ist mein Schicksal und mein Ende ...

Er erhob sich von der Bank, überquerte die Kastellanenstraße und betrat ein Blumengeschäft. Er wählte ein paar Chrysanthemen und Teerosen aus.

Das waren ihre Lieblingsblumen; dieses starke, dämonische Weib hatte eine Vorliebe für zarte Farben und Düfte. Er sprang in eine vorbeifahrende Straßenbahn und stand wenig später vor den Toren des Zentralfriedhofs . . .

Über der Stätte ewigen Friedens lag noch der Morgennebel. Seine durchsichtigen Tücher wanden sich um die Grabmäler als Schleier der Wehmut und der Trauer. Andere schwebten wie langgezogene Bänder als einsame, stille Wanderer durch die Friedhofsalleen . . .

Es war leer. Zu dieser frühen Stunde besuchte keiner die Toten.

Pomian bog in den zweiten Weg rechts ein und blieb vor ihrem Grab stehen.

Es sah schön aus. Der Genius des Todes, der sich gedankenvoll über die Grabstätte neigte, hatte etwas unsagbar Rührendes und Trauriges. Die Tulpen in der Schale, die er ihr vor einer Woche gebracht hatte, waren bis jetzt noch nicht verblüht; ihre zartgelben Kelche wiegten sich sanft im Morgenwind.

Pomian entfernte die vertrockneten Kränze und ersetzte sie durch frische Blumen. Dann ließ er sich auf die Bank nieder, die auf der linken Seite des Grabes in die Erde eingelassen war, holte ein Foto von Amelia aus der Brieftasche und betrachtete es lange mit schmerzlichem Entzücken . . .

Plötzlich hörte er das Geräusch von Schritten. Er hob den Kopf und sah die schlanke schwarze Gestalt eines Geistlichen vom Ende der Allee sich nähern. Die sanften und ernsten Züge des Pfarrers kamen ihm bekannt vor. Diese melancholischen blauen Augen, mit dem geheimnisvollen, versonnenen Blick . . .

»Pfarrer Alois«, flüsterte er, steckte das Foto rasch

in die Tasche und erhob sich. »An dieser Stelle und zu dieser Stunde ... Welch merkwürdige Begegnung ...«

Und er ging ihm entgegen und verbeugte sich voller Hochachtung. Der Pfarrer erwiderte den Gruß, wenn auch ein wenig verwundert.

»Verzeihen Sie, Hochwürden, daß ich Sie aufhalte, doch die besondere Fügung der Umstände, die uns beide hier zu dieser Stunde an diesen Ort geführt hat, ist für mich ein Hinweis, daß ich so und nicht anders handeln muß. Ich habe doch die Ehre, mit Herrn Kanonikus Alois zu sprechen, nicht wahr?«

Um den Mund des Kaplans legte sich ein sanftes Lächeln.

»Das muß eine Verwechslung sein«, antwortete er und sah den nervösen Pomian kopfschüttelnd an. »Sie halten mich vermutlich für jemanden, der ich nicht bin. Mein Name ist Jan Sowiński.«

»Das macht nichts, ich bin trotzdem überzeugt, daß ich mich in der Person nicht irre. Ich heiße Pomian, bin von Beruf Schriftsteller. Haben Sie meinen Namen wirklich noch nie gehört?«

»Den Namen hab ich freilich schon gehört. In unseren Intellektuellenkreisen ist er ja bekannt – doch Sie selbst kennenzulernen, hatte ich bisher noch keine Gelegenheit. Es ist mir sehr angenehm, daß dieser tatsächlich seltsame Zufall mir gestattet, mit Ihnen persönlich Bekanntschaft zu schließen.«

Und er drückte ihm herzlich die Hand.

Eine Zeitlang gingen sie schweigend zwischen den Gräbern. Mitunter raschelte ein vertrocknetes Blatt zu ihren Füßen, manchmal summte eine Herbstfliege an ihren Ohren vorbei.

»Verzeihen Sie meine Neugier«, nahm Pomian nach einer Weile wieder das Wort, »doch meine Frage steht mit der angeblichen Verwechslung Ihrer Person in Zusammenhang. Ist Herr Prälat Desiderius Ihr Freund?«

Pfarrer Sowiński hob leicht die Brauen. »Ich kenne ihn leider nicht.«

»Das ist merkwürdig. Dabei hätte ich schwören können, daß ich Sie beide irgendwo zusammen gesehen habe.«

»In diesem Falle muß der Begleiter des Prälaten jemand gewesen sein, der mir sehr ähnlich ist.«

»Sie sind für mich die verkörperte Antithese des Pfarrers Desiderius«, bemerkte Pomian ausweichend. »Vielleicht habe ich Sie gerade deswegen an seiner Seite gesehen. Ich glaube, die Frage der Namen ist hier gleichgültig. Der Name Alois kann für mich nur ein Symbol sein.«

Der Pfarrer lauschte mit konzentrierter Aufmerksamkeit. Schließlich hob er den Kopf und sah Pomian tief in die Augen. »Vielleicht haben Sie recht. Vielleicht sind Ihnen in einem Traumbild infolge des Kontrastgesetzes unsere beiden Gestalten nebeneinander erschienen?«

Pomian verneinte mit einem Kopfschütteln. »Das war etwas Stärkeres als ein Traumbild. Das war wie ein wahres Erleben.«

»Wo und wann?«

»Das weiß ich nicht genau. Es ist aber noch nicht lange her. Es geschah in einem für mich ungewöhnlichen Zustand. Ist Ihnen, Herr Kanonikus, in den letzten zwei Jahren nichts Außerordentliches begegnet? Irgendein absonderliches Ereignis, irgendein ungewöhnlicher Traum?«

Pfarrer Sowiński überlegte.

»Hm«, sagte er nach einer Weile, »in der Tat hat mich unter meinen Träumen, die ich mir gewöhnlich notiere, einer besonders stutzig gemacht. Ich träumte etwa vor anderthalb Jahren, daß ich an einer düsteren Prozession teilgenommen habe ... Ich erinnere mich an eine große Menschenansammlung irgendwo außerhalb der Stadt auf freiem Feld und an ein riesengroßes schwarzes Eichenkreuz auf den Schultern der Büßer ...«

Pomian krallte sich nervös an seinem Am fest. »Ja, ja ... Die gleiche Prozession habe auch ich damals gesehen und die gleichen, zu Tode betrübten Menschen, die unter der Last des Kreuzes schier zusammenbrachen ... Und weiter? Können Sie sich noch an weitere Einzelheiten erinnern?« fragte er zitternd und sah den Geistlichen voller Erwartung an.

»Nein ... An mehr erinnere ich mich nicht. Als ich erwachte, hatte ich die Augen voller Tränen und nahm in der Luft den Duft von abgebrannten Kerzen wahr ...«

»Ja ... Das war damals ... Diesen Augenblick haben wir gemeinsam erlebt. Sie, Herr Pfarrer, nur im Traum – und ich in einem anderen, außergewöhnlichen Zustand ... Wir sind uns auf den Gefilden des Jenseits begegnet ...«

Pfarrer Sowiński legte ihm sanft die Hand auf die Schulter.

»Es gibt noch viele Geheimnisse, und die Wege der Seele sind unerforscht«, sagte er leise, in den Anblick des Friedhofs versunken. »In dem, was Sie schreiben, habe ich sehr viel Wahres gefunden. Manche Ihrer Ansichten, wiewohl sie in einer Form zum Ausdruck kommen, die ich nicht sehr billigen kann, decken sich völlig mit den meinen. Während ich Ihre Werke las, hatte ich mehrmals den Eindruck, daß das Königreich des Geistes in Ihnen einen der fähigsten Verfechter gefunden hat.«

»Dennoch ...«, sagte Pomian und blieb unversehens auf dem Wege stehen, »dennoch, Herr Pfarrer, habe ich einen Menschen getötet.« Und er senkte den Kopf unter der Last des Bekenntnisses.

»Im Duell?« hörte er nach einer Weile die Frage des Pfarrers.

»Nein, durch hinterhältige Mordgedanken. Ich habe mit diesen Gedanken einen anderen Mann zu ihm geschickt . . .«

Und er taumelte unter dem Schlag der Selbstbezichtigung . . .

Der Pfarrer faßte ihn sanft unter.

»Mein Sohn!« sagte er leise, besänftigend. »Deine Schuld vor Gott ist groß, doch auch deine Reue ist groß und von Herzen kommend . . . Was kannst du zu deiner Rechtfertigung vorbringen?«

»Der Mann, der durch meine Veranlassung umkam, war Minister Pradera.«

Der Pfarrer ließ seinen Arm los und trat unwillkürlich einen Schritt zurück. Nach einer Weile senkte er traurig den Kopf.

»Ich verstehe«, flüsterte er. »Jetzt verstehe ich alles. Ihr beide wart wie Feuer und Wasser.«

»Ich habe nicht richtig gehandelt.«

»Ja. Indem du seine Kampfmethoden angewandt hast, hast du dich, ohne es zu wollen, auf sein Niveau begeben.«

»Ich war wie von Sinnen«, bekannte Pomian, senkte demütig den Kopf und ließ sich auf die Knie fallen.

»Ich will anschließend hingehen und meine Schuld bekennen«, sagte er tief aufgewühlt. »Ich möchte alles wiedergutmachen. Vater, kannst du mir als Pfarrer im Namen Gottes diese meine größte Sünde vergeben?«

Der Pfarrer legte ihm die Hand auf den Kopf und betete leise. Danach hob er sie, machte über dem Knienden das Kreuzeszeichen und sagte laut: *Ego te absolvo!* . . . Gehe hin in Frieden!«

Als Pomian nach einer Weile aufblickte, war Pfarrer Sowiński verschwunden . . .

Die Mittagszeit nahte. Nachdem die Oktobersonne einen flachen Bogen am Himmel beschrieben hatte, näherte sie sich dem westlichen Horizont. Über der Stadt hing eine von Sonnenstrahlen getränkte Glocke aus Staub und Rauch. Die wie in schweres geschmolzenes Gold getauchten Spitztürme der Kathedralen, der barocken Zwiebeltürme und zylinderförmigen Schornsteine zeichneten sich am türkisblauen Himmel ab in verschwommenen, erloschenen, fast visionären Konturen. Von den Bäumen in Grünanlagen, Parkalleen und Gärten streifte der Herbstwind die letzten Blätter, entblößte ihre schwarzen, starren, trostlosen Skelette und hieß die Bäume Trauer und Melancholie in die Stadt verströmen. In der Luft lag ein ernstes, überaus schmerzliches Nachdenken. Durch die Straßen irrte die Traurigkeit als namenloser Passant, schwebte das zarte, den Launen des Windes ausgelieferte Gespinst des »Altweibersommers«, wankten im Netz ihres Geflechts die Leitungen elektrischer Straßenbahnen ...

Auf den glatten, glänzend weißen Marmorplatten der Terrassenstufen am Eingang zum Gerichtsgebäude tauchte Pomians dunkle Gestalt auf. Er ging raschen, hektischen Schrittes. Einmal zuckte er zusammen, blieb stehen und begann zu lauschen ... Die Uhren in der Stadt verkündeten die zwölfte mittägliche Stunde. Die Glocke der Rathausuhr begann als erste zu schlagen, die Pfarrkirche schloß sich an, danach erdröhnte die Uhr der Marienkirche, und dann setzten all die anderen ein ... Zu guter Letzt erklangen wie ein fernes erleichtertes Aufatmen die Stimmen der Glocken im Eichenweiler ...

Die Glocken des Bugaj, ging es ihm durch den Kopf, und dann zerstob der Gedanke, durch das, was er unmittelbar vorhatte.

Mit einem Blick verabschiedete er sich von der sonnenüberfluteten Stadt, betrat das Gerichtsgebäude und ging zur Portierloge.

»Ist der Herr Untersuchungsrichter Góralski zu sprechen?« fragte er.

»Bitte sehr. Er ist gerade mit einer Vernehmung fertig. Gehen Sie hier durch die verglaste Tür. Parterre, zweite Tür links.«

»Danke.«

Pomian verschwand in dem langen, dunklen Flur . . .

Ende

Geschrieben in der Zeit von 31. X. 1923 bis 9. VIII. 1924

Anmerkungen

20 *Tschufut-Kale* – gemeint ist eine Schlucht auf der Krim, der Mickiewicz, Polens Nationaldichter (1798 bis 1855), eines seiner Krimsonette gewidmet hat

21 *Transzendentalismus* – Standpunkt der Transzendentalphilosophie, von Kant entwickeltes, idealistisches philosophisches System

33 *sunt lacrima rerum* (lat.) – Tränen sind die Folge von Taten

sic transit gloria mundi (lat.) – So vergeht der Ruhm der Welt

38 *Mneme* (gr.) – Gedächtnis

43 *Virgo immaculata* (lat.) – Unbefleckte Jungfrau

47 *heilige Teresia* – (1515–1582) spanische Mystikerin

48 *„Maßlos ist mein Verlangen ..."* – Auszüge aus den „Paraphrasen" Zygmunt Krasińkis (1812–1859), der neben Mickiewicz und Słowacki zum „Dreigestirn" der polnischen romantischen Dichter gehört

Visiones ancillae Domini (lat.) – Visionen der Magd des Herrn

49 *Szandlerowski, Antoni* – (1878–1911) Pfarrer, Dichter und Dramatiker des Jungen Polen. In seinem Schaffen verbindet sich exaltierte Erotik mit mystisch-religiösen Motiven

55 *Ziborium* – Gefäß zum Aufbewahren geweihter Hostien

58 *heilige Veronika* – reichte nach der Legende dem kreuztragenden Christus ihr Schweißtuch

Diavolo maledetto del Cristo (ital.) – Von Christus verdammter Satan

Skapulier – 1. Schulterkleid, Überwurf zum Ordensgewand; 2. zwei kleine Stoffstückchen mit dem Bildnis Marias oder Christi, verbunden mit zwei Schnüren, getragen von weltlichen Personen

Judas Ischarioth – Jünger Jesu, verriet diesen für 30 Silberlinge durch einen Kuß, erhängte sich danach

Glocken von Loreto – Glocken, hergestellt im italienischen

Wallfahrtsort Loreto in der ital. Provinz Ancona, denen Kräfte zugeschrieben werden, die vor dem Bösen schützen sollen, z. B. vor den Folgen von Gewitter und Blitzschlag

59 *Horae diurnae* – Stunden des Tages. Hier: Bücher mit Stundengebeten

60 *Lavabo* – Waschbecken in der Sakristei

61 *in saecula saeculorum* (lat.) – In aller Ewigkeit

Humillimus servus (lat.) – Untertänigster Diener

62 *Laudetur Jesus Christus* (lat.) – Gelobt sei Jesus Christus

Maledicatur autem Satanas, creatura Gehennae – Verdammt sei der Satan, Ausgeburt der Hölle

64 *Dalmatika* – Aus Dalmatien stammendes langes Obergewand mit weiten Ärmeln, gottesdienstliches Festkleid katholischer Geistlicher

Tuvalia (von Tovaglia, ital.) – eine Art Schal aus feinem Gewebe, mit dem der Priester während des Segnens die Monstranz umfaßt

Bursa (lat.) – seidenes Futteral zum Aufbewahren des kleinen Metalltellers, auf dem die Hostie während der Messe liegt

65 *Palla* (lat.) – leinene Bedeckung des Meßkelchs im kath. Kultgebrauch

Corporale (lat.) – unter dem Hostienteller liegendes Leinentuch

Purifikatorium (lat.) – Reinigungstüchlein zum Austrocknen des Kelchs

Humerale (lat.) – leinenes Schultertuch des katholischen Priesters

Alba (lat.) – weißes Untergewand in der Amtstracht des kath. zelebrierenden Priesters

Umbraculum (lat.) – Altarbaldachin, mit dem man die Monstranz während der Predigt verhüllt; Schirm

66 *Słowacki, Juliusz* – (1809–1849), einer der bedeutendsten polnischen romantischen Dichter. Das poetische Drama „Kordian“ gehört zu seinen Hauptwerken

67 *Ego te absolvo* (lat.) – deine Sünden sind dir vergeben

69 *Autodafé* (portug.) – Ketzerverbrennung

73 *Łysa Góra* – Kahler Berg (Blocksberg), zweithöchster

Berg der Góry Świętokrzyskie (Heilige-Kreuz-Berge) in Polen

74 *Ecce homo!* (lat.) – Seht, ein Mensch!

77 *Benedico vobis* (lat.) – Geißelbruder, Mitglied religiöser Bruderschaft, die durch Geißelung Vergebung der Sünden sucht

105 *Sapristi!* (frz.) – Zum Teufel auch!

118 *Encore une fois!* (frz.) – Noch einmal!

Brantôme, Pierre – (1540–1614) französischer Memoirenschreiber, Verfasser wertvoller Sittengeschichten seiner Epoche

122 *connaisseurs des affaires d'amour* – Kenner in Liebesdingen

Huysmans, Joris Karl – (1848–1907), französischer Schriftsteller niederländischer Herkunft, begann als Naturalist, wandte sich später dem Irrationalismus und Katholizismus zu; Roman: „Die Kathedrale"

Louÿs, Pierre – (1870–1924), französischer Schriftsteller, behandelt Themen der Antike („Aphrodite")

Aretino, Pietro – (1492–1566), italienischer Renaissanceschriftsteller, von seinen Zeitgenossen wegen seiner satirischen, kritischen Pamphlete bewundert und gefürchtet

D'Annunzio, Gabriele – (1863–1938), italienischer Dichter, von Nietzsche beeinflußter Verfechter der Gewalt; „Triumph des Todes" und „Das Feuer"

Weininger, Otto – (1836–1895), Philosoph und Psychologe, Autor des berühmten Werkes „Geschlecht und Charakter"

Sappho – (um 600 v. u. Z.) aus Lesbos, bedeutendste griechische Liebeslyrikerin der Antike. Vorsteherin einer Bildungsstätte für Mädchen, an die ein großer Teil ihrer Lieder gerichtet ist

123 *Sacher-Masoch, Leopold von* – (1836–1895) österreichischer Schriftsteller

Sade, Marquis de Donatien-Alphonse-François – (1740–1814) französischer Schriftsteller

124 *Heliogravüre* – hochwertiges, rasterloses Tiefdruckverfahren, mit weicher, samtartiger Tonabstufung. Das Produkt dieses Verfahrens

125 *„Laissez ... C'est mon affaire* (frz.) – „Laß das, es ist meine Sache"

133 *Björnson, Björnstjerne* – (1832–1910), norwegischer Dichter, Nobelpreisträger

135 *Parthenogenese* – Jungfernzeugung

136 *Séance* (frz.) – Sitzung, spiritistische

142 *Impresario* – kapitalistischer Manager von Künstlern

145 *Moniuszko, Stanisław* – (1819–1872), polnischer Komponist, schuf u. a. „Halka" und „Das Gespensterschloß"

Spiritus rector (lat.) – führender Geist

150 *„Arabische Abenteuer" eines unserer beliebtesten Spaßvögel* – gemeint ist der polnische Humorist, Dichter und Romanschriftsteller Kornel Makuszyński, Autor der Märchensammlung „Arabische Abenteuer" (1884–1954)

151 *Ecrasez l'infame!* (frz.) – Vernichtet den Elenden!

152 *Parbleu!* (frz.) – Fürwahr!

Villiers de l'Isle-Adam, Auguste de – (1838–1889), französischer Schriftsteller, Autor unheimlicher Geschichten und Dramen

Meyrink, Gustav – (1868–1939) österreichischer phantastischer Schriftsteller („Golem")

Elukubration – mühevoll ausgearbeitete Abhandlung

179 *Baphomet* – Name des Satans, rückwärts gelesen: Temo-h-p-ab bedeutet: Vater, Priester des Friedenstempels aller Menschen (*tem*plum *o*mnium *h*ominum *p*acis *ab*bas)

Umbra benedicentis maledictus adumbratur (lat.) – der Schatten des Segnenden zeichnet die Konturen des Verdammten